Dominando Susan 3
Um Novo Mestre

Dominando Susan 3 Vol. 1

Erika Sanders

ERIKA SANDERS

Dominando Susan 3
Um Novo Mestre
(Dominação Erótica)
Por
Erika Sanders
Série
Dominando Susan 3 Vol. 1

Sinopse

Susan junta os pedaços de sua vida e enfrenta o futuro com a ajuda de seus amigos...

Um Novo Mestre (Dominação Erótica) é um romance com forte conteúdo BDSM erótico e, por sua vez, um novo romance pertencente à coleção Dominação Erótica, uma série de romances com alto conteúdo BDSM romântico e erótico.

É também a primeira parte da série, **Dominando Susan 3**, onde são contadas as aventuras de Susan, alter ego da escritora, na sua faceta de submissão.

Nota sobre a autora:

Erika Sanders é uma escritora conhecida internacionalmente, traduzida em mais de vinte idiomas, que assina seus escritos mais eróticos, longe de sua prosa habitual, com seu nome de solteira.

Índice:

DOMINANDO SUSAN 3
UM NOVO MESTRE
(DOMINAÇÃO ERÓTICA)
ERIKA SANDERS

Susan estava deitada como uma estrela do mar enquanto o corpo agitado acima dela grunhia a cada impulso. Mais uma tentativa fracassada de encontrar algum prazer em seu mundo vazio, "Maldito seja, Robert!" Ela gritou em sua própria mente quando o homem finalmente gemeu e saiu de cima dela. Ela virou a cabeça para olhar para ele. Ela pensou que desta vez seria diferente; desta vez ela escolheu cuidadosamente flertar com um homem mais velho, raciocinando que, pelo menos, ele seria experiente como um amante e seria capaz de levá-la pelo menos a meio caminho do auge climático em que viveu por tão pouco tempo. Tudo o que ela sentia agora era repulsa pelo esperma que escorria por sua coxa, e mais uma vez ela se perguntou o que diabos estava fazendo. Ela se levantou e se vestiu rapidamente.

"Ei, querido, aonde você está indo? Isso foi apenas um aquecimento", disse o idiota, e ela se virou para encará-lo com um sorriso inocente.

"Eu não acho que conseguiria lidar com ter meu mundo abalado da mesma maneira uma segunda vez. Desculpe, eu tenho que ir." Ela ronronou e pegou sua bolsa saindo do quarto antes que ele pudesse dizer mais alguma coisa.

Ela pegou o telefone e mandou uma mensagem: "Que erro foi pegar café no Night Owl." Vinte minutos depois, Susan estava sentada a uma pequena mesa perto do balcão quando Cassandra , imaculadamente vestida, entrou e sorriu, sentando-se à sua frente.

"Como você sempre consegue parecer tão incrível?" Susan sorriu de volta. "São três da manhã, pelo amor de Deus, e olhe para você." Ela gesticulou para cima e para baixo.

Cassandra riu de forma autodepreciativa: "Então não foi bem?"

"Não", Susan gemeu colocando a cabeça entre as mãos. "Robert me arruinou para qualquer outra pessoa."

"Agora, querido, você sabe que isso não é verdade. Você não está procurando nos lugares certos e sabe disso. Você está se escondendo de seus amigos há quase seis meses, de uma forma ou de outra. É hora de voltar, você não acha?" Cassandra esticou o braço por cima da mesa e segurou a mão dela. "O mundo baunilha não é para pessoas como você e eu... "

"Eu simplesmente não consigo enfrentar todos eles sem Robert. Toda a pena e gentileza deles, blá", ela fez uma careta.

" Claro que você pode! Você é mais forte do que qualquer um jamais lhe dá crédito por incluir a si mesmo. Nenhum insignificante fraco poderia ter encantado tanto Robert... e outros, pelo que parece. Vamos conversar realisticamente sobre o que você está procurando pois nessas noites você invariavelmente se arrepende.

Cassandra tinha sido sua companheira e babá não oficial durante o último mês, quando aceitou a oferta de Andrew para usar sua cabana de praia. A cabana, como ele a chamava, tinha mais o estilo de uma casa de praia de alta classe , e Cassandra permaneceu na maior parte do tempo como uma companheira silenciosa, apenas insinuando de vez em quando seu descontentamento com o comportamento de Susan. Susan ficou um pouco surpresa por Cassandra ter aproveitado aquele momento para falar de seu retorno não apenas à cidade, mas também do estilo de vida que Robert compartilhara com ela.

"Oh, não me olhe como aquela jovem", Cassandra clicou. "Você sabe tão bem quanto eu que nunca vai encontrar o que precisa esconder aqui. É hora de admitir algumas verdades, pelo menos para si mesmo, se não para mim. Robert pode ter dado um nome a isso, mas você foi submisso e gostou das ideias de dominação antes de se tornar dele, não é?

Susan assentiu, lembrando-se de suas tentativas frustradas de apimentar o sexo com seu namorado, Harry, antes de Robert reivindicá-la para si. Ela se lembrou dos modos exigentes e da arrogância de Harry e como ela atendia aos seus caprichos. Era um relacionamento terrível, mas ela não sabia de nada naquela época, ela sabia agora. Isso era o que Cassandra estava tentando dizer a ela, homens como Harry e casos de uma noite , nunca dariam a ela o que ela precisava. Ela ansiava pelo controle e uso severo de um dominante como Robert. Seus olhos ficaram marejados e ela olhou para Cassandra novamente: "Maldito seja, Cassandra! O que devo fazer agora?"

" Bem, você é uma jovem muito rica agora e com alguns investimentos astutos você poderia comprar alguns gatos e se esconder para sempre, se quiser. Espero, porém, que você perceba que a vida é para os vivos e se junte novamente ao mundo que Robert criou. você faz parte. Um mundo, devo acrescentar, que sente muita falta de você e espera para recebê-lo em casa ", disse Cassandra com uma voz suave e simpática. "Robert era o seu mundo, como deveria ter sido, mas agora ele deveria ser apenas o primeiro de cem sabores diferentes de perversão que você experimentará. Acredite em mim, experimentar alguns outros sabores não fará com que o amor que você sentia por ele seja qualquer. menos, apenas se tornará mais uma memória, como deveria ser."

"A vida é para ser vivida, hein?" Susan deu uma meia risada triste.

"Você não me vê me escondendo depois da perda do meu marido e mestre de quarenta anos, não é?" Cassandra insistiu em seu argumento.

"Você ainda..." Susan sussurrou com uma voz admirada.

"Claro, querido, estou velho, não morto!" Ela riu de todo o coração.

Eles continuaram conversando até o sol surgir no horizonte aquático da costa leste antes de voltarem para casa e para suas camas. O sono tardio que Susan planejou foi perturbado por uma batida e depois pelo rangido de sua própria porta quando Cassandra a acordou totalmente para explicar que eles tinham visitas e, em vez de explicar a noite, ela disse que Susan estava lendo.

"Levante-se e vista-se rapidamente, temos convidados" Cassandra sorriu.

Percebendo que provavelmente era Andrew, Gregory ou Barry para o check-up semanal, Susan se levantou e vestiu um vestido curto de algodão e lavou o rosto antes de arrumar o cabelo em uma espécie de rabo de cavalo bagunçado. Ela saiu correndo e começou a caminhar um pouco antes da sala de estar. Antes que ela pudesse entender quem eram os convidados, ela foi arrebatada por um abraço que a fez deitar de costas no chão com uma Cinthia risonha acariciando seu pescoço.

"Cíntia!" Susan gritou em choque de alegria: "Como? Quando? Uau!"

"Uau, Cinthia, não machuque a garota com sua saudação," Barry de repente ficou acima deles ajudando-os a se levantarem. "Ela está sofrendo por você desde que você foi embora novamente. Fiz tudo o que pude fazer para impedi-la de morder Andrew e Gregory até que eles concordassem em nos deixar surpreendê-los neste fim de semana."

Susan olhou além de Barry enquanto ele falava, vendo Gregory pairando ao fundo observando a exuberante saudação.

"Que maravilhoso ver vocês, Mestre Barry e Sir Gregory, muito obrigado por trazer Cinthia para me ver, senti muita falta dela", disse Susan, um tanto formalmente, voltando ao padrão de tratamento que Robert havia incutido nela ao cumprimentar outros dominantes.

"Não há necessidade de fazer cerimônia aqui, potrinha," Barry pegou Susan em um grande abraço de urso, fazendo-a gritar de prazer.

"Bem, Cassandra me disse que é hora de voltar para a terra dos vivos, então eu realmente deveria aprimorar um pouco minhas habilidades", Susan sorriu e deu a Cassandra um sorriso torto.

"Essa é uma ótima notícia", Cinthia disse suavemente em sua voz profunda e gutural.

" É verdade ," Gregory sorriu e tirou-a do abraço de Barry, abraçando-a e gentilmente colocando-a de pé, "Você parece cansada, Susan, ainda está tendo problemas para dormir?" Havia preocupação em sua voz.

"Não, eu fiquei acordada até tarde ontem à noite. Não sei como Cassandra sempre parece tão fresca e bonita depois de uma madrugada," Susan habilmente tirou o holofote de si mesma e direcionou-o para a mulher mais velha, sentindo-se como se ela deveria ter dedicado mais tempo para se vestir e se preparar para receber esses convidados.

"A bajulação o levará a todos os lugares", Cassandra sorriu enquanto os homens murmuravam seu consentimento. "Vá para o convés e eu trarei algumas bebidas", ela continuou e saiu apressada para a cozinha.

"Eu ajudarei", Gregory ofereceu e não se deixou intimidar enquanto Cassandra tentava afastá-lo. Assim que chegaram à cozinha, ela perguntou: "Como você fez com que ela pensasse em voltar para casa?"

"Paciência, querido menino, ela tinha algumas coisas para resolver primeiro, mas acho que ela está pronta para reentrar no mundo do qual fugiu ." Ela serviu café e pegou suco na geladeira.

"É uma boa notícia; sentimos falta dela", disse Gregory pegando a bandeja que Cassandra havia montado.

" É o que parece. Você e Robert eram próximos , não é?" Cassandra perguntou em tom de conversa, sua curiosidade sentindo que havia algo mais que Gregory não estava dizendo.

"Ele foi meu mentor e um dos meus amigos mais próximos", Gregory assentiu. "Eu só quero saber que ela está sendo bem cuidada."

"Para um bastardo tão arrogante, Robert certamente inspirou lealdade entre seus amigos", Cassandra riu e Gregory abriu um sorriso.

"Você ainda é um pirralho de coração, não é? Você está certo, embora ele pudesse ser um bastardo arrogante às vezes; isso fazia parte de seu charme." Ele sorriu, "Se você estava procurando uma repreensão, procure em outro lugar, não serei eu quem lhe dará a surra que você merece", Gregory a repreendeu.

"Oh, cocô", ela fez beicinho, "Não posso culpar uma velha por tentar." Gregory riu e voltou para o convés com ela.

Gregory podia ouvir Susan falando quando eles se aproximaram, "... não tenho certeza. Quero dizer, é um gesto maravilhoso, mas simplesmente não sei e acho que como Andrew é meu guardião, eu teria que perguntar a ele. Oh meu Deus, isso me faz parecer uma criança ou uma mulher mantida", Susan riu de suas próprias palavras.

Cinthia relinchou, sua diversão evidente quando Gregory e Cassandra se sentaram com o pequeno grupo. Gregory ergueu uma sobrancelha: "Sobre o que você não tem tanta certeza?"

"Antes... bem, você sabe", a voz de Susan vacilou um pouco antes de se iluminar artificialmente, "Robert organizou um cronograma de treinamento para mim com alguns de seus amigos. Ele queria que eu experimentasse algumas das diferentes facetas de seu estilo de vida. Ele me contou cada um deles tinha qualidades inerentes ao seu treinamento das quais eu poderia me beneficiar." Gregory e Cassandra olharam para ela concordando com sua declaração.

"Mestre Barry apenas se ofereceu para manter o acordo que fez com Robert e me convidou para ir ao rancho para um treinamento intensivo com Cinthia", explicou Susan.

"É algo para o qual você se sente pronto?" Novamente a preocupação tocou a voz de Gregory fazendo Cassandra olhar para ele e estudá-lo mais uma vez.

"Eu não sei. Como eu disse, não tenho certeza, e sinto que precisaria conversar com Mestre Andrew sobre isso, ou Alan..." ela mordeu o lábio pensando, "Quero dizer, Mestre Alan, Ainda não estou acostumado com isso; Robert dividiu minha tutela entre eles." Susan explicou desnecessariamente.

"Pelo que entendi, um é para negócios, o outro para prazer", Cassandra riu. "Ambos mestres muito bonitos , muitas garotas matariam para estar no seu lugar." Ela provocou Susan e sorriu.

"Por que vocês duas não vão dar um passeio na praia e colocar o papo em dia? Esse foi o objetivo de vir aqui. Isso e salvar Gregory de mais marcas de mordida", Barry soltou uma risada. Sem ser solicitada duas vezes, Cinthia agarrou a mão de Susan e começou a descer as escadas do convés e seguir em direção à praia.

"Ninguém culpa você por precisar de um tempo. Do jeito que tudo aconteceu, foi simplesmente horrível", Cinthia não quis desenterrar a lembrança e parou de contar mais sobre isso colocando um braço em volta do ombro de Susan. "Todo mundo sente sua falta , mas nós entendemos, você sabe."

Susan acenou com a cabeça agradecida, ansiosa para mudar de assunto e perguntou: "Então, alguma fofoca interessante por aí?"

"É você, eu tenho medo. Você fugiu com um príncipe do Oriente Médio pela última vez que ouvi", Cinthia disse com uma cara perfeitamente séria e Susan começou a rir.

"Sério, considere o treinamento que o Mestre ofereceu. Adoraríamos que você ficasse conosco. E se você descobrir que o nosso negócio não é o seu, então tenho certeza de que os outros Mestres honrariam o acordo que fizeram com Robert se você estivesse interessado, " Cinthia a incentivou. "Você sempre pode parar se precisar, mas seria uma boa maneira de conhecer outras pessoas nesse estilo de vida, sem realmente se colocar no mercado de carne, por assim dizer. Você teria a proteção de Andrew e Alan, então, na verdade, ficaria em dívida. apenas ao instrutor Master que você consultou durante o período de tempo acordado e você pode redigir o acordo para garantir que haja uma cláusula de exclusão.

"Você acha que os amigos de Robert fariam isso por mim? Eles mal me conheciam", Susan estava realmente considerando a ideia se, como disse Cinthia, ela pudesse desistir a qualquer momento em que não se sentisse segura ou feliz com a situação. O melhor de tudo seria que lhe daria a chance de experimentar um pouco do prazer entorpecente que ela teve com Robert, talvez. Bem , mais chances do que ela tinha aqui no mundo baunilha.

"Acho que você ficaria surpreso com o quanto você é desejável ser a única garota a usar a coleira de Robert", Cinthia sorriu, "sem mencionar que você é um pedaço quente de carne escrava. a licitação seria rápida e furiosa."

"Pare de brincar", Susan riu.

"Ok, vou provar isso", Cinthia colocou um tom superior, "Quando estiver pronto, peça ao Mestre para convocar uma reunião de stakeholders do clube à qual você tem direito de comparecer e verá com que rapidez eles concordam."

"Você não acha que eu deveria passar por Andrew e Alan primeiro?" Susan ficou horrorizada com a ideia de abordar sozinha as partes interessadas.

"Andrew pode tentar dissuadi-lo. Ele se tornou como uma parede entre você e seus amigos no estilo de vida. Você não tem ideia de quantas vezes eu tive que morder ele e Gregory para descobrir onde você estava se escondendo, " ela corou apesar de seu sorriso. "Se você decidir que quer fazer isso, o Mestre falará por você, embora eu espere que Gregory conte a Andrew de qualquer maneira. Ele veio cuidar de nós e se certificar de que não o incomodamos de forma alguma."

Susan refletiu sobre isso enquanto caminhavam pela praia em silêncio. Cinthia geralmente era uma mulher silenciosa, Susan pensou que isso era o máximo que ela já tinha ouvido a outra garota dizer. Sorrindo, Susan parou e olhou para Cinthia: "Você usou sua cota diária de palavras tentando me convencer?"

"Basicamente, prometa pensar bem, você vai adorar o rancho e quero te ver mais vezes", Cinthia a abraçou e elas se voltaram para casa. "O Mestre está assobiando para voltarmos há alguns minutos, é melhor voltarmos." Susan não ouviu nada, mas a audição de Cinthia era lendária. Eles voltaram em um silêncio confortável.

Susan sabia que precisava conversar com Andrew e Alan sobre a ideia de retomar o cronograma de treinamento que Robert havia estabelecido para ela, ou pelo menos alterá-lo ligeiramente. Ela ocupava um cargo na empresa e o abandonou devido à dor. Ela precisava saber que poderia retornar à empresa se tivesse ainda mais tempo longe do trabalho para treinar com os vários Mestres e suas meninas que concordaram em honrar o acordo feito com Robert.

A ideia tomou conta de seus pensamentos, e ela admitiu para si mesma que parecia muito melhor e mais seguro do que o que ela estava fazendo atualmente, escondida aqui nesta pequena cidade à beira-mar em uma casa isolada, pegando uma noite em um esforço. sentir algo diferente do vasto vazio que ameaçava engoli-la sempre que pensava naquele dia horrível na Itália.

As palavras de Cassandra da noite anterior ecoaram em seu cérebro: "Você não está procurando nos lugares certos... Você está se escondendo... é hora de voltar... o mundo baunilha não é para gente como você e meu.. "

Quando chegaram em casa, Susan já havia se decidido e, após seis meses de inação, sentiu-se energizada e com um novo senso de propósito. Treinar e se tornar o escravo que Robert queria pode ser o que poderia salvá-la da dor e dos pesadelos que ela ainda sofria. Cassandra estava certa; era hora de reentrar no mundo real e fazer a escolha de continuar a viver a vida que ela estava começando a explorar com o homem que amava. Ele queria isso para ela antes que ela o perdesse, ele ainda iria querer isso para ela; ela argumentou contra o sentimento de culpa que sentiu ao começar a seguir em frente. "Robert iria querer isso", ela disse a si mesma com firmeza.

Quando voltaram ao convés Cassandra já tinha o almoço pronto, e os homens já estavam comendo, esperando por eles há algum tempo. Colocando um pequeno prato de comida na frente de Susan antes que ela dissesse mais uma vez que não estava com fome, Cassandra pegou um prato para si e sentou-se.

Susan comeu em silêncio e sem pensar, sua mente ainda discutia consigo mesma por ter tomado a decisão, livrar-se da culpa que veio de sua dor foi um processo difícil, e ela se perguntou como Andrew e Alan reagiriam quando ela lhes contasse. Sem perceber, ela sentou-se e mordeu o lábio por algum tempo, e Gregory fez uma pergunta duas vezes antes de tocar seu braço, tirando-a dos pensamentos que a mantinham ocupada.

"Ainda não estou comendo, pelo que vejo", disse ele, "Não é de admirar que você tenha dificuldade em prestar atenção às perguntas na mesa."

"Sinto muito, Sir Gregory", Susan murmurou e empurrou um bocado de comida pelos lábios.

"Como deveria ser", ele sorriu, "Você e Cinthia ficaram fora por um tempo, todos conversados?"

"Ah, sim, aparentemente Cassandra é um príncipe do Oriente Médio e eu nunca soube disso!" ela disse séria, e Cinthia relinchou divertida.

Cassandra balbuciou e olhou para cima: "Eu sou o quê?"

"De acordo com as últimas fofocas, fugi com um príncipe do Oriente Médio. É uma pena voltar e provar que esse boato é falso. Parece tão emocionante", Susan finalmente sorriu.

" Então você está voltando para a cidade?" Gregory perguntou: "Ou você vai voltar para seus pais?"

"Eu gostaria muito de conversar com Mestre Andrew e Mestre Alan sobre a ideia que Mestre Barry teve... continuar o treinamento que Robert queria para mim", disse ela hesitantemente. Mesmo tendo tomado a decisão, ela ainda não tinha certeza de como exatamente queria abordar a questão. "Eu provavelmente deveria ir para casa primeiro e ver minha família; eu sei que eles estão preocupados", ela mordeu o lábio, pensativa.

"Parece que sua visita chegou na hora certa", Dorothy falou com Barry. "Estávamos dizendo esta manhã que era hora de voltar à terra dos vivos. Não éramos, Susan."

"Estávamos, é verdade", Susan sorriu.

"Vamos aproveitar o momento então, Cinthia vai te ajudar a fazer as malas depois do almoço e Gregory pode te levar até a casa dos seus pais e você pode passar a noite com eles para que eles possam ver você melhor do que nunca, embora muito magro", Susan abriu a boca e fez barulho algumas vezes, mas Cassandra anulou suas tentativas de interromper a organização eficiente de sua vida: "Você pode fazer isso, não pode, Gregory , você trouxe seu próprio carro, não foi?"

Gregory recostou-se em sua cadeira olhando para a mulher que tinha o respeito de submissa e dominante antes de assentir silenciosamente. Sua mente estava trabalhando na logística dos gerentes estagiários que controlavam o forte do clube e decidiu ligar para Barry e ter certeza de que ele estaria lá.

"Susan, ligue para sua mãe, tenho certeza que ela ficará encantada, Cinthia e eu limparemos a cozinha e começaremos a fazer as malas. Vocês, homens", ela se virou para considerá-los, "acredito que haja algum tipo de jogo de futebol. naquela TV complicada lá dentro, ou vá nadar, só não fique no chão."

Varrida pelo turbilhão que representava Cassandra em missão, Susan se viu com as malas prontas e pronta para partir no espaço de duas horas. Ela se destacou ao lado dos carros se despedindo de Barry e Cinthia: "Lamento não termos passado muito tempo juntos hoje."

"Viemos apenas para ter certeza de que você estava segura e feliz", disse Cinthia abraçando-a suavemente.

"Eu vim para impedi-la de morder qualquer outra pessoa, ela está ganhando uma reputação muito ruim", Barry resmungou e deu um tapa na bunda de Cinthia. "Espero que esta pequena visita a acalme até que você venha nos ver no rancho." Ele a pegou em um de seus abraços de urso e apertou-a até ela gritar alto. "Eu amo aquele som que você faz quando eu te aperto apenas o suficiente." Ele a colocou no chão e Cinthia acariciou sua bochecha em despedida.

Barry buzinou e esperou até que Cassandra e Gregory aparecessem antes de partir para a viagem de volta ao rancho.

"Vou ficar mais alguns dias; adoro isto aqui e preciso recarregar minhas baterias antigas com alguma contemplação silenciosa", ela abraçou Susan, "Você estará em boas mãos com Gregory. Deixe sua mãe alimentá-la por um ou dois dias antes de ir para a cidade, tudo o que você pensa estará esperando por você."

Gregory abriu a porta do carro para Susan e Cassandra a soltou, "Cuide dela Gregory, ela é preciosa."

"Eu sei", ele sorriu e entrou no lado do motorista. "Aperte o cinto, Susana." Ele esperou até que ela colocasse o cinto de segurança antes de ligar o motor e partir, deixando Cassandra desfrutando de sua solidão. "Você parecia cansado, tente dormir um pouco antes de chegarmos aos seus pais. Eu não quero que você tenha problemas por não cuidar de si mesmo. Cassandra está certa, você está muito magro no momento."

"Obrigada", ela disse suavemente, "Sinto muito, Cassandra intimidou você para me levar para casa, tenho certeza de que você tem coisas melhores para fazer do que me levar por aí."

"É realmente bom ter sua companhia", Gregory sorriu.

"Vamos ver se você se sente assim depois que eu começo a roncar", Susan reclinou ligeiramente a cadeira.

"Descanse, pequenino", Gregory riu, "Vou aumentar o som para abafar seu ronco se ficar muito alto."

*****

Caty mexeu no carro antes mesmo que ele parasse completamente. Susan estava grata por Gregory tê-la acordado vinte minutos antes de chegar e, graças à preparação de Cassandra, ela tinha tudo o que precisava para parecer e se sentir revigorada em uma pequena bolsa aos seus pés no carro.

"Querido, você está aqui!" Caty exclamou como se fosse uma surpresa e gesticulou para Paul: "Olha quem está aqui. Olha quem está aqui!"

"Ei, Susy", disse Paul enquanto ela descia do carro. "Obrigado por trazê-la aqui , Gregory. Posso tentá-lo a ficar para jantar?"

"Como eu poderia deixar passar a oportunidade de provar a culinária lendária de sua esposa? Você sabe que Alan se gaba constantemente de que ela o mantém abastecido com os melhores macaroons do país." Gregory sorriu e aceitou a oferta graciosamente. Durante a breve conversa telefônica, Andrew insistiu com Gregory para que ficasse com Susan, explicando , por experiência própria, como é fácil voltar à tristeza e à melancolia, mesmo quando tudo parece muito melhor. Gregory não achava que esse seria o caso de Susan, mas não discutiu o assunto, em vez disso concordou em ficar enquanto os pais dela permitissem.

Alcançando o banco de trás do carro, ele tirou uma garrafa de vinho tinto e um pequeno ramo de flores. "Nossos amigos me avisaram para esperar sua generosa hospitalidade", disse ele amigavelmente.

"Se vamos abrir isso, talvez você tenha que passar a noite", Paul olhou com aprovação para a garrafa. "Caty deixe Susan sozinha por um minuto e venha cumprimentar nosso novo amigo. A cama do quarto de hóspedes está arrumada, não é?"

" É claro que tipo de casa você acha que estou administrando aqui!" Caty se moveu para abraçar Gregory e beijar sua bochecha como se já fossem velhos amigos.

"Você é tão bonita quanto, e Alan me disse, agora, se sua comida for tão boa , posso simplesmente roubá-la de seu marido", Gregory a lisonjeou e gostou do rubor que suas palavras provocaram.

"Todo mundo quer roubar minha esposa", Paul ergueu as mãos, "Vamos entrar e invadir a geladeira, Susy, sua mãe foi às compras assim que você ligou. Todos os seus favoritos estão estocados lá." O braço dele envolveu o ombro dela enquanto eles entravam, e ele se inclinou mais perto perguntando: "Como você está realmente?"

"Eu me sinto bem, pai, melhor do que desde então..." seus olhos nublaram, "Bem, você sabe." Ele apertou o ombro dela e assentiu.

"Não toque na minha geladeira, Paul, você está de dieta, lembra?" Caty exclamou correndo atrás deles.

"Ela está tentando me matar de fome!" Paulo reclamou em voz alta.

"Não se preocupe, pai, vou roubar algumas guloseimas para você", Susan piscou e Caty bufou exasperada para os dois.

Gregory riu assistindo a cena. Ele acreditava que a adorável natureza submissa de Susan vinha de uma família patriarcal autoritária, e embora tivesse ouvido falar deles por Alan e Robert durante o rescaldo da festa de aniversário, quando Barry foi enviado para mudar todo o apartamento dela em uma noite , ele ainda não estava preparado para a cena calorosa e amorosa que estava testemunhando.

Gerenciar o clube como o braço direito de Robert nos anos de ausência de Andrew lhe dera uma boa compreensão, ou assim ele pensava, do que levava as mulheres a abraçar sua submissão. Meninas de lares desfeitos ou de passados violentos, meninas com complexos paternos que ansiavam por esse controle autoritário, mas mais uma vez Robert o surpreendeu ao escolher Susan. Ela não se enquadrava no típico perfil masoquista que Robert sempre preferiu. Ela não carecia de autoconfiança e Paul não parecia o disciplinador rigoroso que esperava. No entanto, ele sabia que a pequena jovem diante dele era a escrava de um de seus amigos mais próximos.

Ele balançou a cabeça diante da justaposição das diferentes facetas da vida de Susan e se perguntou como ela agia no mundo profissional da empresa de Robert. Ela era formada em administração, se ele se lembrava corretamente, e ele tentou imaginá-la em ternos e salto alto, em vez das roupas reveladoras que ela usava para ir ao clube ou vestidos simples de verão que ela usava no momento .

Uma vez instalados em seus quartos, saíram para o pátio e sentaram-se à sombra fresca das árvores. Foi Susan quem finalmente quebrou o silêncio confortável. "Sinto muito por ter sido insuportável nos últimos meses", ela se dirigiu aos pais.

"Calma agora", sua mãe descartou o pedido de desculpas, "Você tinha um bom motivo. Todos nós amávamos Robert." Os olhos de Caty começaram a ficar embaçados.

"Agora, agora, meu amor", Paul começou, mas Susan terminou por ele.

"Não na frente de Susan", ela riu. "Está tudo bem, realmente. Estou bem. O que é que eles dizem? Você não pode retroceder, apenas avançar, e eu coloquei minha vida em espera por muito tempo. Robert morreu; eu não, e um amigo sábio me disse recentemente que a vida era para os vivos. Eu sempre o amarei, você sabe, e manterei sua memória perto do meu coração, mas é hora de abraçar o mundo novamente. Susan olhou para a preocupação no rosto dos pais e percebeu que eles não estavam convencidos. Ela olhou para Gregory em busca de ajuda.

"Eu, pelo menos, ficaria feliz se você comesse mais, você ficou muito magro e com aparência frágil. Não é a pequena e durona Susan que eu conheci. Então , o que está no menu para o jantar, Caty, estou ansioso por isso o todo o caminho até aqui", Gregory mudou de assunto com muito tato.

"Apenas um pouco de macarrão, infelizmente, nada de especial", mas ela brilhou de orgulho com o elogio à sua culinária.

"Ela está preocupada com o macarrão al'ama", disse Paul num sussurro teatral para Susan, que sorriu amplamente.

" Oh, que bom, eu adoro isso!" Susana ficou entusiasmada. "Ela está fazendo pato. É um dos meus favoritos!" Ela traduziu para Gregory.

"Ótimo, mal posso esperar!" Gregory entusiasmou-se: "Vai ficar ótimo com o tinto que trouxe conosco."

"Quanto tempo você vai ficar, Susy? Sua mãe comprou comida suficiente para alimentar você por seis meses, todos os seus favoritos!" Paulo riu.

"Agora que tomei a decisão de voltar para a terra dos vivos , eu meio que quero voltar para ela", ela disse suavemente, não querendo decepcionar seus pais com uma estadia tão breve. "E eu queria saber se poderia pedir seu conselho profissional sobre alguma coisa, talvez pela manhã?" Ela deixou seus olhos piscarem para sua mãe, que estava sentada na beirada de sua cadeira, mas permaneceu em silêncio devido à mão que Paul colocou em seu ombro para acalmar suas reclamações.

"Nenhum momento é melhor que o presente", Paul sorriu, "Venha para minha sala e vou colocar aquela peruca branca engraçada da qual você adora rir."

Susan mordeu o lábio, mas quando o pai se levantou e estendeu a mão para ela , ela o seguiu. Gregory teve que admitir que ficou impressionado com o homem. Seu domínio sutil sobre a esposa e a filha transparecia na maneira como ele falava calmamente, num tom que não admitia discussões, e nos gestos físicos que trocava com a esposa para acalmar a explosão emocional dela diante da aparente ânsia de Susan em retornar à cidade.

Se ele não estivesse examinando a vida familiar de Susan, ele poderia apenas ter visto o calor amoroso com que fazia essas coisas, mas Gregory não tinha dúvidas de que o homem era o rei de seu castelo. Ele se virou para bater um papo com Caty perguntando sobre receitas e coisas assim para um amigo de seu Barry, que era um chef sempre procurando mudar seu cardápio e experimentar comida.

De pé no escritório do pai, Susan sentiu-se novamente como uma adolescente errante. Este foi o quarto onde ela nunca discutiu com o pai. Ela admitiu seus erros e aceitou qualquer punição que ele lhe impusesse. Parecia estranho estar aqui pedindo seu conselho, mas de alguma forma apropriado. Esta sala a lembrava de sua inteligência e perspicácia para os negócios. Como ele deixou a sociedade em uma grande empresa e partiu sozinho para abrir um consultório particular pouco depois de ela nascer, proporcionando-lhe a vida que ela desfrutou nesta idílica cidade do interior enquanto crescia.

"Sente-se, Susan", ele riu, "Você não é uma criança aqui para levar uma bronca."

Por alguma razão ela ficou repentinamente nervosa, tudo fazia muito sentido em sua cabeça enquanto ela pensava sobre isso nas últimas semanas, mas agora que ela estava aqui nesta sala ela estava sem palavras.

"Eu sou rica", ela deixou escapar de repente como um ponto de partida: "Graças a Robert, quero dizer."

"Vamos chamá-lo de rico de forma independente", Paul sorriu, "e sim, graças a Robert você está extraordinariamente bem sustentado. Aonde isso vai dar?" ele perguntou astutamente.

"Não acho que aguento trabalhar na empresa de Robert cercada por nossos amigos e pelas memórias. Estou bem", ela se apressou em tranquilizá-lo, "mas me perguntei sobre a logística de comprar uma pequena franquia ou empresa própria ... Quer dizer, tenho capital suficiente? Tenho um diploma em administração e tudo mais e sei como tudo funciona, mas aprendi que a realidade das pequenas empresas muitas vezes não é nada como ensinam nos livros didáticos. " Ela soltou o ar que não percebeu que prendeu quando finalmente chegou ao seu ponto.

"Dependeria do negócio. Você tem algo específico em mente?" Paul estava contemplando a jovem sentada do outro lado de sua mesa, tentando ver a situação do ponto de vista de um advogado, e não de um pai.

"Eu estava pensando mais no lado do varejo, em uma loja especializada, em vez de na fabricação", disse ela, esperançosa. "Talvez algo divertido, como vestidos de grife ou bijuterias com preços razoáveis, ou uma combinação dos dois".

"Eu acho que com a renda que você recebeu trimestralmente dos dividendos das ações que detém na empresa de Robert, você poderia abrir sua própria casa de designer ou joalheria", disse Paul.

"Eu estava pensando que, quando voltasse, conversaria com Alan sobre talvez visitar algumas indústrias e empresas de varejo para ver como elas funcionam primeiro. Certifique-se de que é a coisa certa para eu investir", disse ela calmamente.

"Essa é uma maneira inteligente de abordar o assunto", aprovou Paul e ficou orgulhoso da óbvia maturidade de sua filha em seus processos de pensamento. Quando a conversa começou, ele ficou preocupado que ela estivesse prestes a pedir algo frívolo ou perigoso, aulas de voo em seu próprio jato particular ou algo assim.

"Isso significaria uma boa viagem, e você sabe, mãe." Susan não precisou terminar a frase ao ver seu pai acenar com a cabeça e parecer pensativo.

"Você poderia levá-la com você em uma ou duas viagens", sugeriu Paul.

"Talvez, mas é algo que eu gostaria de fazer sozinho, algo que sou só eu, sabe? Saí daqui para trabalhar para o Robert, sempre tive alguém cuidando de mim." Ela olhou nos olhos do pai e endireitou os ombros: "Quero ver como é fazer grandes escolhas na minha vida, para o bem ou para o mal, e saber que ainda tenho uma casa e uma renda se não der certo. ." Ela sorriu torto: "Setenta e cinco por cento dos primeiros negócios falham, mas eu realmente gostaria de tentar. Não viajarei sozinha; minha assistente pessoal virá comigo, tenho certeza se eu a informar sobre tudo."

" Então , em essência", Paul sorriu, "Isso tem mais a ver com eu lidar com sua mãe do que com conselhos de negócios." Susan corou profundamente e mordeu o lábio. "Bem, assim como seu pai, estou orgulhoso de que você tenha crescido e se tornado uma jovem inteligente e atenciosa, e ajudarei sua mãe tanto quanto puder, mas nós dois sabemos como ela reagirá a ausências prolongadas, especialmente depois do que aconteceu em Itália." Susan fez uma careta e acenou com a cabeça abrindo a boca para falar, mas ele ergueu a mão para acalmá-la.

"Como seu advogado, no entanto, gostaria de alertá-lo contra a tomada de decisões precipitadas e aconselhar que todas as negociações comerciais de natureza pessoal, fora da empresa, onde seus interesses são mantidos nas mãos seguras de Alan e Andrew, passem por mim. não é negociável , Susan , Paul olhou para ela com severidade e disse: "Nenhum empresário agiria sem o conselho de um advogado."

"Eu entendo", Susan sorriu.

"Bom, agora vou investir os dividendos que você ganha em alguns títulos de investimento de curto prazo , digamos de seis a doze meses. Isso lhe dará bastante tempo para viajar e explorar todas as suas opções", Paul estava todo profissional enquanto tocava no computador dele. "Doze meses seria melhor para garantir que você tivesse amplo capital sem tocar no valor maior já investido em investimentos de longo prazo."

"Obrigado, pai, e obrigado por não me tratar como um pássaro ferido agora. Eu realmente estou bem. Eu só queria que todos parassem de pisar em ovos ao meu redor. Foi horrível, e eu ainda pulo com barulhos altos, mas estou bem e estou pronta para começar a viver de novo", disse Susan com convicção.

"Quem você está tentando convencer, eu ou você mesmo?" Paul riu e contornou a mesa. "É melhor irmos lá ou sua mãe vai ficar irritada porque estragamos a refeição. Faça-me um favor?" Paul observou Susan balançar a cabeça: "Coma o máximo que puder e beba muito, será mais fácil convencê-la se você não continuar morrendo de fome."

Susan riu e concordou. Paul não precisava se preocupar que Susan estivesse com fome e a comida, como sempre, estava excelente. Ela se sentiu muito bem com as decisões que tomou nas últimas vinte e quatro horas e tendo convencido seu pai de seu retorno a um estado de espírito racional, ela só teve que superar o obstáculo de convencer seus guardiões e protetores, Andrew e Alan.

"Sinto muito, pessoal; acho que preciso dormir cedo", disse Susan e levantou-se da mesa, instável, enquanto conversavam amigavelmente depois da sobremesa que ela forçou a comer para agradar aos pais. Ela relaxou e deixou sua taça de vinho ser enchida várias vezes durante a refeição. Ela raramente bebia muito, e o efeito a fazia sentir-se tão deliciosamente quente e aconchegante que seus olhos começaram a cair.

"Ainda acordando com os sonhos?" Caty perguntou preocupada.

"Agora com menos frequência", Susan sorriu e se dirigiu para as escadas.

"Acho que você pode precisar de uma mão", Gregory se moveu para o lado dela e passou um braço em volta de sua cintura. "Já volto", disse ele por cima do ombro enquanto guiava a bêbada Susan escada acima.

"Você sabe que você é muito bonito", ela disse olhando para o homem alto e corpulento que a apoiava quando chegaram ao topo da escada, "Eu gostaria que você estivesse por perto quando eu estava pegando uma noite só . Você não teria saído eu estou alto e seco , tenho certeza. Baunilha é um sabor realmente nojento agora, e eu costumava adorar. É engraçado, não acha? Susan falou totalmente alheia à expressão de horror no rosto de Gregory.

"Você pegou homens? Em bares?" havia incredulidade em sua voz.

"Sim, parecia uma boa ideia na época", ela disse sonolenta, "Dud fode todos eles. Cassandra explicou que a baunilha nunca mais me satisfaria. Então Barry e Cinthia vieram com a ideia deles, e eu pensei que diabos, aí tem que haver pelo menos um dominante por aí que não me trate como um pássaro frágil com uma asa quebrada e me dê o que eu preciso."

"Vá dormir," Gregory rosnou segurando seu temperamento, fazendo-a abrir os olhos novamente para olhar para ele.

"Estou cansado da pena nos olhos de todos e das cascas de ovos que todos pisam ao meu redor. Não posso simplesmente ser colocado em uma prateleira como um brinquedo quebrado. Você entendeu certo?" Ela parecia estar tentando desesperadamente convencê-lo, e ele ficou chocado com suas palavras: "Eu amava Robert, mas ele se foi, ele me deixou, quero sentir algo de novo, saber aquele prazer intenso que ele me deu de novo, isso não precisa ser amor, apenas alguém que pode foder meus miolos do jeito que ele fez." Ela riu de suas próprias palavras grosseiras e cobriu a boca.

"Durma Susan," Gregory acariciou seus cabelos observando enquanto ela fechava os olhos.

"Você é muito bonito", ela sussurrou sonolenta, "aposto que você poderia abalar meu mundo."

Gregory não disse nada, mas esperou até que a respiração dela mudasse para o ritmo profundo do sono antes de sair do quarto. Ele entrou na cozinha onde Caty e Paul estavam limpando com um sorriso. "Ela geralmente não bebe muito, não é?" ele disse com uma pequena risada.

"Não, mas o vinho tinto faz bem ao corpo, pergunte a qualquer médico", disse Caty. "Foi bom vê-la tão relaxada e feliz. Você viu que ela comeu o prato inteiro de macarrão e sobremesa? Acho que podemos ter nossa garota de volta de seus dias sombrios", Caty abraçou Paul impulsivamente, com os olhos embaçados novamente.

"Ora, ora, meu amor, não vamos deixar nosso convidado desconfortável", Paul abraçou sua esposa.

" Na verdade, eu estava pensando em como me senti confortável aqui desde a nossa chegada. As lendas de sua hospitalidade são todas verdadeiras, tenho o prazer de informar", Gregory sorriu para o casal.

" Bem, vou deixar vocês, homens, fazerem coisas viris e dormirem cedo também", Caty enxugou as mãos em um pano de prato e deu um beijo de boa noite no marido, "Durma bem, Gregory", ela o abraçou brevemente e subiu as escadas também. .

"Quer ver o que ganhei de aniversário para Susan?" Paul perguntou com um sorriso travesso.

"Eu não sabia que ela faria aniversário em breve", admitiu Steven, "mas vamos lá, estou curioso, com certeza."

Os homens foram até a garagem onde Paul orgulhosamente revelou um roadster Nash Healy. O tempo passou rapidamente depois disso, enquanto o entusiasta de carros Gregory bombardeava Paul com perguntas e sujava as mãos mexendo no motor. Um grito estridente rasgou o ar, e Paul praguejou balançando a cabeça e estendendo o braço para impedir Gregory de correr de volta para casa.

"Ela tem pesadelos com o tiroteio", disse ele com tristeza. "É melhor terminarmos aqui, embora ela venha em busca de companhia se as luzes ainda estiverem acesas."

Gregory grunhiu e se lavou antes de ajudar Paul com a tampa do carro. Eles estavam voltando para casa quando Susan apareceu no pátio dos fundos. "Eu sou uma coruja da noite; posso fazer companhia a Susan se você quiser ir para a cama", Gregory ofereceu.

"Tudo bem", concordou Paul. "Há uma variedade de filmes lá, se você quiser assistir a um." Ele abraçou Susan: "Por que você não escolhe um para ele, você pode assistir até adormecer novamente".

"Tudo bem, pai", Susan murmurou sonolenta e voltou para casa seguida pelos dois homens.

Gregory sentou-se no sofá enquanto Susan selecionava um filme. Os créditos de abertura começaram a rolar, e ele viu a cabeça dela em direção a uma das poltronas reclináveis, "Venha sentar comigo, pequenina", Gregory deu a ela pouca escolha com o tom de voz que usou. Se ela queria que as pessoas começassem a tratá-la normalmente novamente, tudo bem para ele. Ele gostou bastante da expressão de surpresa no rosto dela quando ela se virou para olhá-lo momentaneamente antes de se dirigir ao sofá onde ele estava sentado.

Sorrindo para ela, ele jogou uma almofada no chão ao lado de seus pés e indicou que ela deveria sentar ali. Ele observou a mistura de emoções em seu rosto enquanto ela se ajoelhava na almofada, de costas para ele, de frente para a tela, enquanto o filme começava. Gregory estendeu a mão e brincou com o cabelo dela sussurrando: "Boa menina." Ele observou enquanto ela relaxava sob seu carinho gentil e mal notou o filme enquanto repetia suas palavras anteriores. A tutela possessiva de Andrew era a única coisa que o impedia de discipliná-la por seu comportamento imprudente, mas talvez ele disciplinasse a velha, afinal, por tolerá-lo.

Susan começou a cair e se apoiou em sua perna enquanto ficava com sono, eventualmente descansando a cabeça em sua coxa. Desligando a televisão, Gregory levou Susan para cima e a colocou de volta na cama antes de ir para seu quarto. Ele nunca havia entendido verdadeiramente a atração de Robert pela garota; ela sempre pareceu tão pequena e frágil para Gregory, que, medindo um metro e noventa e sendo largo, também se elevava sobre ela em tamanho e força. Depois de passar vários dias com ela no último mês, ela estava na casa de praia e ao vê-la com a família em casa, ele teve que admitir o apelo de sua aparente vulnerabilidade que mascarava uma jovem forte e inteligente. Pela segunda vez naquela noite, ele reconheceu que ela não era a garota típica que frequentava o clube.

*****

Eles partiram no dia seguinte, depois do almoço, e voltaram para a cidade carregados de Macaroons para Andrew e Alan, assim como para eles próprios. Quanto mais se aproximavam de casa , mais inquieta Susan se sentia e começou a ficar inquieta. Gregory quebrou o longo silêncio que se instalou sobre eles depois que acabaram as gentilezas sobre a família dela e a comida. Preocupada com a raiva latente que sentia, ele confrontou Susan com as palavras da noite anterior.

"Como você pode ser tão imprudente, Susan", ele finalmente perguntou, "Casos de uma noite? Sério, você achou que era uma boa ideia?"

Susan engoliu em seco: "Eu esperava ter sonhado lhe contando isso. Por favor, não conte ao Mestre Andrew. Se você estiver com tanta raiva, ele ficará apenas dez vezes pior."

"Eu não vou", Gregory retrucou: "Mas você vai. Se você fosse uma das garotas pelas quais sou responsável, você já teria sido punido. Vou deixar isso para Andrew. Você vai contar a ele o que disse ontem à noite, tudo isso! Fui claro?

"Sim, Sir Gregory", Susan sussurrou sentindo lágrimas brotando em seus olhos.

"Robert não lhe ensinou nada sobre segurança pessoal? Sobre falar abertamente quando você tem necessidades? Como você pode ser tão imprudente?" Ele se repetiu.

"Ninguém me tocava ou falava comigo direito. Todos apenas olhavam para mim com pena ou com sua própria dor. Eles estavam muito preocupados que eu tivesse outro colapso para realmente ouvir quando eu disse que não queria morar em aquele apartamento que eu não queria mais ficar no escritório dele. Eles me mudaram para o escritório que parecia exatamente igual e para um apartamento que era gêmeo daquele que eu deixei! lágrimas escorreram por seu rosto, "Foi mais fácil ir embora", ela reprimiu um soluço de autopiedade.

Gregory ficou em silêncio absorvendo suas palavras e percebendo o quão difícil deve ter sido dizer o que ela precisava e ter o assunto mal tratado dessa maneira. "Apenas diga a ele o que você me disse do jeito que você disse," ele rosnou, ele não tinha certeza se ainda estava com raiva dela ou de si mesmo por não notar sua decepção e tristeza quando eles mudaram o apartamento dela para um próximo ao de Andrew. . "Você pode deixar de fora a parte sobre o quão bonito eu sou", disse Gregory com uma cara perfeitamente séria, fazendo-a ofegar e corar profundamente.

Eles permaneceram em silêncio, cada um perdido em seus próprios pensamentos, até que ele entrou no estacionamento do clube e na casa dela. "Seja corajoso, pequeno, seja honesto e dê uma explicação completa. Acredito que você tem força suficiente para conversar com Andrew sobre isso e vencer a discussão", disse Gregory suavemente.

"Porque você pensaria isso?" Susan virou-se para ele no carro.

"Robert me contou, e ele era um homem difícil de impressionar", Gregory sorriu.

Eles saíram do carro e foram para os elevadores. Susan sentiu seu estômago embrulhar pensando no que precisava confessar e contar a Andrew. Tudo parecia muito mais fácil quando ela estava na praia, mas aqui neste lugar onde ela aprendeu a obedecer e aceitar, toda a confiança que ela tinha em voltar e juntar os pedaços de sua vida parecia estar desaparecendo diante dela.

A viagem de elevador foi muito rápida e ela se viu dentro de seu próprio apartamento. Era difícil estar aqui e não pensar em Robert, e ficar chateada com a reviravolta cruel que sua vida havia sofrido e com raiva dele. A raiva borbulhou dentro dela e ela endureceu sua decisão de fazer as mudanças que precisava ou de ir embora para sempre.

Gregory entrou alguns minutos depois, seguido por Andrew, e Susan se levantou para encará-los. "Bem-vinda de volta, Susan. Você está linda", Andrew sorriu e diminuiu a distância entre eles para beijar sua bochecha e examinar seus olhos.

"Olá Mestre Andrew, obrigada", ela sorriu de volta, "Você tem um pouco de tempo, talvez possamos conversar... por favor?"

"Claro, eu limpei minha agenda quando Gregory ligou e disse que você estava voltando. Como você está realmente?" A preocupação era evidente em sua voz e rosto, e ela podia ver a pena em seus olhos, o que apenas alimentava a raiva que ela sentia por toda a situação. Ela se afastou dele e respirou fundo.

"Poderíamos apenas conversar como amigos, não como Guardião e pupilo, não como Mestre e escravo, sem qualquer um desses rótulos, mas como pessoas, até mesmo amigos?" Susan tentou expressar sua necessidade de encontrá-lo em igualdade de condições, sem medo das consequências.

"Isso parece sério", observou Andrew, "Você pode nos deixar, Gregory", Andrew caminhou até a mesa de jantar e sentou-se em vez de ocupar seu lugar na confortável cadeira da sala de estar.

"Talvez ele devesse ficar", Susan disse calmamente, "Você pode não gostar do que tenho a dizer." Andrew ergueu uma sobrancelha e assentiu.

"Vou ficar lá fora no corredor", Gregory interrompeu o momento, "acho que é melhor vocês dois conversarem sozinhos." Ele se virou sem esperar pela reação deles e saiu fechando a porta silenciosamente atrás de si.

Intrigado agora, Andrew olhou para Susan. "Fiquei um pouco bêbada ontem à noite e contei algumas coisas que gostaria de não ter contado", ela gemeu. "Provavelmente seria melhor se ninguém soubesse, mas aqui estamos e se eu não te contar a verdade..." ela olhou para a porta onde Gregory estava do outro lado.

"Você não costuma beber, não é?" Andrew inclinou a cabeça confuso.

"Não", ela balançou a cabeça, "Havia razões , mas vou começar do início." Mais uma vez ela respirou fundo e Andrew recostou-se na cadeira, preparado para deixá-la dizer o que precisava.

Susan contou sobre o tempo que passou no "barraco" dele, sua imprudência em procurar encontros de uma noite só para sentir algo novamente. Ela explicou à pergunta dele que Cassandra acabou descobrindo que era mais fácil garantir sua segurança do que fazê-la escapar da cabana sem qualquer aviso. Ela admitiu que achava que era uma perda de tempo até Cassandra explicar a lição que ela não deveria ter aprendido. Aquela baunilha já não trazia nenhum prazer para ela.

Sem pressa , ela explicou sobre a visita de Barry e Cinthia e sua proposta sobre o treinamento que Robert havia implementado. Finalmente, ela falou sobre seus próprios sentimentos sobre como isso poderia funcionar agora e se ele a ajudaria. Entre todas as informações que ela lhe deu, ela falou sobre como agora se sentia uma leprosa, intocável e frágil, como um brinquedo quebrado em uma prateleira alta que as pessoas estendem a mão para pegar, mas lembram que está quebrado e vão embora.

Susan notou a mandíbula de Andrew travar e suas mãos se fecharem em punhos durante vários pontos de sua história, quando ele interrompeu para fazer uma pergunta , mas ele permaneceu calmo durante toda a conversa. "Há mais", ela disse calmamente.

"Conte-me tudo então", disse Andrew sem nenhuma emoção e recostou-se na cadeira novamente. Susan descreveu sua ideia para um novo negócio que ela poderia possuir e administrar sob a bandeira da empresa e sua ideia de viajar para inspecionar empresas e fabricantes com ideias semelhantes. Por fim, ela falou sobre sua necessidade de encontrar um novo lugar para morar.

"Isso tudo era de Robert, não verdadeiramente meu e se algum dia eu quiser encontrar um pouco de paz para os pesadelos e a culpa que me atormentam , não posso estar aqui ou naquele escritório. Por favor, diga-me que você entende..." Havia desespero em A voz de Susana. Não passou despercebido a Andrew que se importava profundamente com a garota, mas parecia-lhe que os planos dela eram apenas mais uma maneira de fugir e se esconder da realidade que ela precisava enfrentar.

"Isso é tudo?" ele perguntou calmamente. Susan assentiu, sentindo-se inquieta por Andrew ainda não mostrar nenhuma expressão no rosto ou na voz. Ele se levantou abruptamente e caminhou ao redor da mesa, pegando-a e abraçando-a. Ele não disse nada enquanto caminhava até a cadeira grande e confortável e se sentava com ela em seu colo, virando o rosto dela para o dele.

"Minha necessidade de ser deixada sozinha quando o gatinho morreu foi tão forte que lhe dei a liberdade de ir e fazer o que quisesse. Não me ocorreu que você precisava de algo diferente e provavelmente deveria." Ele sustentou o olhar dela enquanto falava: "Eu nunca poderia ficar bravo com você por ser sincero, é algo que prezo muito." Ele sorriu e beijou sua testa. "O que você acha de darmos um tempo ao bonito lá fora e deixá-lo ir tomar uma cerveja."

Susan riu baixinho e assentiu, deslizando do colo dele e se levantando. Andrew se levantou e foi até a porta abrindo-a totalmente para encontrar Gregory encostado na parede do hall de entrada. "Ei, lindo", Andrew riu, "Estamos todos bem, apenas resolvendo alguns dos detalhes mais sutis se você quiser pegar uma cerveja e verificar como está o seu protegido."

"Não me odeie porque sou lindo", Gregory riu de volta depois de perceber o sorriso de Susan e perceber que ela estava muito feliz com a forma como as coisas aconteceram. Ele apertou o botão do elevador e observou Andrew e Susan voltarem para o apartamento.

"Acho que deveríamos adiar a mudança de apartamento por um tempo. Prefiro ter você por perto e se você conseguir o que quer com trabalho e treinamento , duvido que você estará aqui com frequência, tendo em conta a proximidade", ele pareceu considerar ela por um momento. "Eu farei a concessão da redecoração e pedirei a Anne para ajudá-la com um novo guarda-roupa adequado assim que seus planos estiverem definidos, é justo?"

Susan concordou; ela gostou da ideia de fazer compras com Anne, ela tinha sido uma boa amiga e Susan a tratou mal em seu luto. "Espero que o mesmo possa ser dito sobre meu escritório no trabalho, embora eu gostaria de algo menor", acrescentou Susan à discussão.

"Podemos marcar uma reunião com Alan amanhã, ele precisará estar bem, todas as questões de negócios. nas colunas de negócios, inteiramente devido à diligência e liderança de Alan", Andrew deu todo o crédito a quem merecia. Susan assentiu e deixou a ideia que ela tinha sobre isso fermentar um pouco mais.

"O treinamento e a necessidade que você expressou de sentir novamente podem não ser tão simples", disse Andrew suavemente e Susan sentiu-se desanimada quando mais um de seus pedidos estava prestes a ser comprometido. "Não faça beicinho", sua voz endureceu e ele explicou mais detalhadamente. "É exatamente isso que quero dizer. Você se lembra quanto tempo levou para confiar em Robert?" ele ergueu o queixo dela e olhou em seus olhos. " Bem e você?" ele exigiu uma resposta.

"Isso foi diferente, eu não sabia nada sobre estilo de vida", ela respondeu e mordeu o lábio, arrependendo-se de sua resposta.

"É uma linha tênue que uma submissão caminha entre o treinamento puro e ser treinado por alguém especial em quem você confia implicitamente para cuidar de você. O vínculo é diferente, mas como em seu relacionamento com Robert, a confiança é a chave para a segurança e o prazer para cada um de vocês, dominante e submisso. Você poderia confiar em um estranho virtual só por minha palavra? Por ordem de Barry? ele fez uma pausa e a deixou pensar em suas palavras.

"Vou reunir as partes interessadas e enviar sua solicitação para acessar o treinamento que Robert começou a organizar para você, se..." ele fez uma pausa para que ela soubesse que isso não era negociável,

"Se você puder mostrar sua obediência e confiança em alguém que eu escolha treiná-lo por uma semana. Você precisa ser capaz de confiar que eu e cada um dos homens de quem você solicitou treinamento o manteremos protegido de perigos, quer eles mesmos o treinem ou escolham alguém para fazer isso por eles. que todos os planos e mudanças nos horários que os Mestres possam fazer para acomodá-lo serão em vão e lhe darão uma má reputação. Você precisa mostrar sua disposição para se comprometer com o programa, confiando em mim para escolher seu primeiro treinador.

Ela percebeu a lógica de suas palavras e concordou; afinal, era o que ela queria e este era apenas o próximo passo na jornada que ela havia começado ao aceitar a coleira de Robert. Ela sabia então, como sabia agora, que queria explorar mais este mundo e confiava em Andrew; foi por isso que ela falou com ele sobre tudo contra o conselho de Cinthia.

"Eu entendo e o que você diz faz sentido", ela mordeu o lábio, pensativa. "Você não vai me treinar sozinho?"

"Minha própria dor ainda é muito crua. A descoberta de Lúcifer finalmente me fez acabar com as últimas pontas desamarradas e acabar com minha amada, Kitty, finalmente", Andrew deu a ela um meio sorriso. "É melhor assim."

"Então confio em você para escolher o primeiro treinador e prometo tentar deixá-lo orgulhoso", disse Susan com sinceridade.

"Bom e aqui está o que farei. Marcarei uma reunião para amanhã à tarde para conversar com Alan sobre sua carreira e situação de escritório na empresa. Procurarei a disponibilidade dos stakeholders para uma reunião no início da próxima semana. Você irá confie que eu, como sempre, tenho seus melhores interesses em mente e vá e vista algo sexy, pense "Suckerpunch" sexy, voltarei para você em trinta minutos. Iremos para o clube; a trégua para a amizade e a conversa franca é acabou, e você se lembrará do seu lugar a partir de agora", Andrew falou com firmeza, encerrando as discussões. "Você vai confiar que eu me importo com você e te amo como se fosse meu e sempre fale comigo como você fez esta noite, não houve necessidade de trégua."

Susan foi pega de surpresa, mas depois de reclamar de ter sido colocada numa prateleira como um brinquedo quebrado, ela não discutiu. Em vez disso, ela deslizou do sofá até os joelhos no chão e respondeu suavemente: "Sim, Mestre."

Ele assentiu e se virou, deixando-a se arrumar. Ela checou o relógio e rapidamente foi se limpar e se trocar.

Quando Andrew voltou, Susan parecia renovada e sexy o suficiente para deixar Robert orgulhoso. Ele sempre escolheu todas as roupas dela, sua comida e tudo mais, tamanha era sua necessidade de controle sobre a vida dela. Sendo deixada por conta própria, tendo apenas o título de um filme como ponto de referência, ela ficou atormentada pela indecisão. Havia tanta coisa no vasto guarda-roupa que ela nunca tinha visto antes que acabou escolhendo uma roupa de couro. Robert adorou o cheiro e a sensação do couro e inspirou em Susan uma atração erótica por ele.

Ela era muito magra, concordou com comentários recentes; a curva suave e arredondada de seus quadris era agora angular e ossuda, e a saia curta de couro pregueada pendia deles em um ligeiro ângulo. Ela quase conseguia contar as costelas e as cobriu com um colete de couro fino e justo. Suspensórios e meias altas apareciam acima de um par de botas pretas brilhantes até os joelhos com saltos incríveis, e ela amarrou um lenço solto listrado vermelho e preto em volta do decote. Ela resolveu cuidar de si mesma melhor do que antes enquanto pintava o rosto com uma maquiagem marcante.

Ela foi até a sala e se ajoelhou fechando os olhos; Andrew estava certo, ela não sabia como reagiria ao ser comandada por outro , mas era algo que ela tinha que fazer, ela queria e mais ainda, ela sabia que precisava.

Susan ouviu a porta se abrir e levantou a cabeça, endurecendo aquela pequena parte do seu coração que doía por Robert. Ela estava determinada a provar que estava pronta para reentrar neste mundo como havia afirmado anteriormente. Andrew caminhou em sua direção e sentou-se novamente na cadeira confortável.

"Tenho certeza de que Robert lhe disse que nem todos os membros do clube são confiáveis ou respeitam a propriedade de outros homens. Embora o colar que você ainda usa lhe proporcione algum elemento de respeito e segurança dentro do clube, também o torna muito desejável. ... Se você realmente quer voltar a entrar no clube e no mundo que ele possui, você deve removê-lo agora", disse Andrew gentilmente.

"Eu entendo, Mestre", Susan respondeu com uma voz firme, mas suas mãos tremiam enquanto ela lutava para desfazer o fecho da linda corrente que ela não tirava desde a morte dele. Andrew não a ajudou, mas sentou-se e observou com tristeza, sabendo que isso era algo que ela tinha que fazer sozinha. Com determinação, ela o removeu e estendeu-o para ele.

"É seu e sempre será seu, Susan. Ninguém pode tirá-lo de você", a voz de Andrew estava dolorida. Ele puxou uma caixa do bolso. Esta corrente oferecerá minha proteção dentro do clube e a proteção de qualquer um de nossos amigos que decida entregá-la a você. Nem é preciso dizer que você também tem a proteção de Alan", Andrew ergueu uma corrente de corda torcida e mostrou a ela como operar o complicado mecanismo de travamento cilíndrico e as pequenas palavras gravadas nele. "Protegido: MA.MA."

"Você aceita?" Andrew perguntou, e Susan assentiu, incapaz de falar imediatamente. Ela levantou o cabelo para aceitar a nova coleira depois de depositar a coleira que havia removido na caixa.

"Sim, Mestre. É lindo; você é realmente talentoso", ela sorriu, embora por dentro se sentisse confusa.

"Coloque isso em algum lugar seguro e venha, tenho algo para lhe mostrar", Andrew sorriu encorajadoramente.

*****

"Os planos para isso", Andrew acenou com o braço indicando o Den renovado no clube, "estavam em vigor antes de você e Robert partirem para a Itália."

Susan olhou ao redor da sala notando as diferenças. Ele ainda tinha o charme opulento do velho mundo e a decadência do resto do clube, mas com um esquema de cores mais fresco e móveis antigos diferentes. Quando seus olhos se voltaram para a parede oposta, ela engasgou. O retrato fotográfico que sempre esteve pendurado ali foi substituído por pinturas a óleo.

Uma grande cena inspirada na Última Ceia retratava todas as partes interessadas, incluindo ela mesma ajoelhada ao lado de Robert, que estava sentado na cabeceira da mesa, e Kitty ajoelhada ao lado de Andrew, na outra extremidade. O resto da mesa estava cheio de homens e uma outra mulher que parecia ser a única pessoa que ela não reconheceu. De cada lado havia dois retratos menores, um de Andrew e Kitty, o outro de Robert e dela mesma. Eram lindos, e ela sentiu seu coração parar de bater. "Maldito seja , Robert. Por que você teve que me deixar tão cedo?" Ela sussurrou com raiva em vez de tristeza.

"Eu queria que você visse pela primeira vez sem mais ninguém por perto. Para que você não fosse pego de surpresa", Andrew esperava lágrimas e não a raiva que emanava da jovem.

"Obrigada, Mestre", Susan pareceu se acalmar rapidamente após o choque inicial. "Eles são incrivelmente lindos. O artista capturou muito bem a imagem de todos."

"Devo dizer que também estou realmente impressionado com eles", Andrew sorriu.

"Venha, Susan", Andrew indicou uma cadeira perto de sua mesa. Nossos convidados para o jantar chegarão em breve, mas há mais uma questão que precisamos discutir primeiro. Ele esperou até que ela se sentasse antes de falar novamente. — Gregory vive de acordo com um código de conduta muito rígido. É por isso que ele é tão bom no seu trabalho como treinador do clube. Ele garante o bem-estar de todas as meninas aqui, mas também defender esse código e manter os membros aqui nesse alto padrão, se desejarem manter sua adesão, garante duplamente sua segurança e a atmosfera de aceitação aqui. Ele foi orientado por Robert como Mestre e é um dos melhores que existem", acrescentou Andrew, caso Susan não soubesse.

"Devo ligar para Gregory Master então?" ela mordeu o lábio se perguntando se o havia ofendido ao chamá-lo de Sir Gregory , mas tinha certeza de que lhe disseram que esse era o título dele.

"Não, ele prefere o senhor. Ele tem um grande interesse nos tempos medievais e no código de cavalaria dos cavaleiros", Andrew riu. "A questão é que ele sente que você precisa ser disciplinado por sua imprudência em buscar o prazer de um estranho, e tenho que concordar que é uma coisa muito perigosa para um submisso fazer. Existem verdadeiros porcos, bandidos e imundícies por aí que quebrarão o braço de uma garota pela emoção que lhes dá o fato de ela ter dado seu consentimento ao abuso, sequestro e tortura de um jovem submisso acontece com muita frequência. Susan ofegou, e ele viu em seus olhos arregalados de incredulidade que esses pensamentos nunca lhe haviam ocorrido.

"Como eu pensei", ele assentiu. "Gregory culpa Cassandra, a quem ele mesmo punirá. Pedi a ele que o educasse sobre sua imprudência. Ele não ficou feliz com isso, então preciso que você vá até ele e expresse seu arrependimento e o convença de que agora entende como perigosas suas ações foram e que você aceitará sua proteção e sua disciplina dentro do clube caso você esteja aqui sem um Mestre ao seu lado, ou exiba comportamento imprudente novamente," Andrew foi firme, mas perguntou em vez de comandá-la, forçando-a a escolher se aceitar ou não este acordo.

"Eu sempre assumi a proteção dele e dos amigos de Robert e da equipe administrativa como Barry", Susan fez uma pausa para pensar, mordendo o lábio novamente. "Eu não acho que jamais estaria aqui sem um Mestre, então não posso imaginar que faria alguma diferença se eu aceitasse ou não", Susan inclinou a cabeça, sua mente trabalhando.

"Ah, mas é verdade, para Gregory. Seu código é tal que ele nunca colocaria a mão em uma garota ou na propriedade de outra sem a aceitação da garota e de seu dono, se houver. No seu caso, sou eu, seu guardião e Alan, o executor de suas participações comerciais. Como esta é uma questão pessoal, cabe a mim aceitá-la, e o farei se você também concordar", Andrew fez uma pausa esperando que ela falasse.

"" Portanto , é uma aceitação formal do pressuposto", Susan riu suavemente. "Não tenho nenhum problema em aceitar Sir Gregory na esfera de pessoas que podem me guiar e treinar neste estilo de vida."

"Basta lembrar que ele já foi protegido de Robert e, como tal, pode ser severo e sádico, mas também é muito justo e não disciplinaria você indevidamente", Andrew decidiu deixar claro com o que ela estava concordando.

"Você deixou de fora o bonito", Susan sorriu, nem um pouco impressionada com a descrição dele.

Andrew balançou a cabeça e se levantou estendendo a mão para ela: "Vamos vê-lo então."

Tal como o covil dos proprietários, o escritório da direcção, embora mais pequeno, situava-se numa posição igualmente central dentro do clube, tendo portas tanto para o foyer como para as áreas do restaurante. Eles voltaram pelo hall de entrada e entraram no escritório menor, onde Gregory estava sentado à sua mesa, como se esperasse por eles. Uma das garotas da recepção passou um pequeno bilhete para Andrew enquanto ele passava por ela. Lendo rapidamente, ele sorriu amplamente.

"Preciso ir ver alguém. Vou deixar você com suas discussões. Mande-a para o restaurante quando terminar", disse Andrew facilmente e saiu da sala.

Gregory se levantou e se aproximou dela, elevando-se sobre ela e rosnou: "Você tem algo a dizer?"

Susan engoliu em seco e, quando abriu a boca, apenas um sussurro saiu: "Sinto muito, Sir Gregory, não percebi nem percebi a extensão da minha imprudência, e percebo agora."

"Você? Você realmente?" sua mão se levantou e circulou sua garganta. "Você sabe como seria fácil para um homem como eu quebrar você como um galho? Segurá-lo contra sua vontade e fazer de você meu brinquedo pessoal?"

"Sim, Sir Gregory", ela guinchou, mas achou suas palavras tanto aterrorizantes quanto excitantes.

"Olhe para você", seus olhos caíram para os mamilos endurecidos, claramente vistos através do decote aberto e do couro fino do colete. "Você é uma vagabunda tão gostosa que qualquer um com metade da cabeça poderia abusar de você, e você ficaria grato", ele largou a mão e foi embora. Ele tentou manter o elemento de desgosto mal disfarçado em sua voz, mas na verdade o óbvio prazer dela em ser falada dessa maneira o agradou, e ele viu nela algo que raramente via nas submissas com quem lidava diariamente .

"Deixarei que Andrew eduque você desta vez, conforme combinado", ele quase cuspiu as palavras enquanto se virava para olhá-la novamente. "A próxima vez que eu sentir que você se colocou em perigo de forma imprudente ou se arriscou muito a mando de outra pessoa sem usar sua palavra de segurança, serei eu quem decidirá a punição, entendeu?"

"Sim, Sir Gregory. Aceito que agora é seu direito como meu protetor", Susan baixou os olhos para o chão.

"De fato," ele jogou uma almofada no chão e sentou-se na cadeira ao lado dela, indicando que ela deveria se ajoelhar. "Eu gostaria de estar envolvido no seu plano de treinamento. Para verificar como você está e garantir que os códigos de conduta sejam respeitados por aqueles que forem escolhidos para treiná-lo, combinado?"

"Sim, Sir Gregory," Susan ficou chocada com seu pedido, mas ela não conseguia ver o mal nisso, desde que ele não interferisse se tudo estivesse indo bem.

"Barry e eu compartilhamos grande parte da carga de administrar este clube e sua proteção também se tornará parte dessa carga. Se eu não estiver disponível, você buscará proteção dele", Gregory olhou para a garotinha que mordeu o lábio, pensativa e pausado? "Não há necessidade de nos temer, apenas o que acontecerá se você não buscar proteção quando precisar, entendeu?"

"Sim, Sir Gregory. Eu sei que você e... humm, Barry é um senhor ou um mestre?" ela inclinou a cabeça em questão.

"Qualquer um, embora o senhor sirva por enquanto, a menos que lhe diga o contrário", respondeu Gregory.

"Obrigado, sei que você é respeitado e valorizado por Andrew e que Robert confiou muito em você. Vi a boa vontade que você recebe de todos os membros e submissos. Farei o meu melhor para não incorrer em mais punições ou fazer o carga que você carrega aqui é ainda mais pesada", ela disse calmamente.

"Não seremos seus treinadores , mas estaremos aqui para protegê-los caso você precise. Colocarei nossos números em seu telefone, Andrew está com ele?" Ela balançou a cabeça e ele franziu a testa para ela: "Você deve sempre ter seu telefone com você. Vou conversar com Andrew sobre isso. Você ainda é novo neste mundo, e a culpa é dele. Assim que seu treinamento começar, haverá não tenha desculpas", ele sorriu ameaçadoramente, "e na minha cabeça você já tem dois ataques contra você." Robert sempre fez tudo por ela, ela não teve que pensar por si mesma durante o curto relacionamento deles. Esta existência que ela estava pedindo parecia muito mais complicada do que ela pensava inicialmente.

Sua confusão guerreou com a necessidade em sua mente quando mais uma vez ela criticou Robert por deixá-la encontrar seu próprio caminho. Uma batida soou na porta e Andrew entrou: "Tudo pronto?"

"Acho que sim", respondeu Gregory.

"Ótimo. O treinamento de Susan começará hoje à noite. Uma velha amiga nossa acabou de chegar. Quero que você a leve de volta pelo saguão em alguns minutos, me dê tempo para voltar para a mesa. Quando você chegar ao restaurante entrada , quero que você fique aí até eu sinalizar", Andrew falou rapidamente, como se estivesse animado.

Gregory grunhiu e acenou com a cabeça olhando para Susan enquanto Andrew saía da sala. Ele ofereceu a mão para ajudá-la a subir nos saltos altos e oscilantes. "Espero que você esteja tão pronto quanto diz", ele murmurou e, colocando a mão grande em volta do pescoço dela, como Robert sempre fazia, guiou-a para fora da porta até o hall de entrada. Ele cumprimentou alguns amigos sem apresentar Susan, apesar de seus olhares curiosos, antes de levá-la até a porta do restaurante e do piano bar.

Susan ouviu um homem em uma mesa próxima exclamar quando ela apareceu: "Porra, agora há uma fantasia ambulante." Ela se virou para a mesa de onde a voz tinha vindo, vendo Andrew ela sorriu nervosamente. Os convidados que ele tinha com ele incluíam Sara, James e o homem barulhento que ela não conhecia. "Sem chance!" O homem exclamou quando ela se virou para eles: "Vocês não podem estar falando sério! Essa é a garota que vocês querem que eu treine por alguns dias?"

Andrew viu o rosto de Susan ficar nublado pela dúvida, confundindo o elogio do homem com relutância e acenou para ela. Sara estava inquieta ao lado de James, como se tivesse muita energia para ficar sentada quieta à mesa de jantar. "Por favor, papai, por favor" Sara finalmente lamentou.

"Tudo bem, querido, mas seja gentil", Sara saltou da cadeira e quase derrubou Susan com um grande abraço e beijos.

"Senti tanto a sua falta. Estou tão feliz por sua volta!" Sarah a abraçou com força, como se não tivesse planos de soltá-la até que Gregory pigarreasse. "Oh, pooh, ok, ok, estou sentando novamente, mas você não é divertido, Sir Gregory", disse ela rudemente, soltando Susan.

"Bem, que inferno, linda", disse o membro desconhecido do grupo. Susan respirou fundo sufocando as risadas que tinha dado pela maneira como Sara falou com Gregory e se virou para a voz. Ela absorveu o homem. Ele usava roupas de motociclista, cavanhaque curto e cabelos longos amarrados para trás com uma tira de couro. Ele parecia, do ponto de vista de Susan, tão grande quanto, se não maior, que Gregory e os olhos dela se arregalaram.

Andrew preencheu seu silêncio atordoado apresentando-o: "Susan, este é meu amigo, Wildman. Se você concordar, ele será seu treinador nesta semana de liberdade condicional. Você o chamará de senhor".

"É um prazer conhecê-lo, senhor," ela disse calmamente, sentindo que deveria ser educada, antes de se virar para James, "e é sempre maravilhoso ver você e Sara, Mestre James." Susan se inclinou para beijar sua bochecha como ele preferia quando o cumprimentava.

"Ah, Susan, você está linda como sempre", James sorriu. "Sentimos sua falta. Mau negócio tudo isso", disse ele reconhecendo o elefante na sala, "É hora de começar a viver de novo, certo?"

"Sim," Susan concordou prontamente, de alguma forma foi bom ter James reconhecendo a perda de Robert e sua aparência aqui, como se aceitasse que ela precisava seguir em frente.

"Espero que Sara seja tão corajosa quando chegar a hora", disse ele calmamente, virando o rosto para Sara enquanto falava. "A vida é para os vivos, como dizem", ele sorriu mas não alcançou seus olhos fazendo-a olhar para ele de perto.

"Venha sentar ao meu lado!" Sara sorriu: "Podemos dividir a sobremesa!" Susan riu. Ela sabia que isso significava que Sara comeria por ela, mas não se importava que fosse bom estar perto de pessoas felizes e aproveitando a vida. Ou talvez fosse bom tentar se divertir sozinha.

Susan sentou-se entre Sara e o Homem Selvagem. Ele se inclinou em direção a ela assim que ela se sentou e deu um tapinha em sua bochecha: "Onde está meu beijo de alô?" Susan riu baixinho e se inclinou para pressionar os lábios na bochecha dele.

"Bem, estou dentro. Verifique, por favor!" ele riu.

"Não", Sara lamentou, "É a minha vez de jantar com Susan e nada vai dar errado desta vez!" Ela engasgou e cobriu a boca, "Eu não estava preparada para dizer isso."

"Está tudo bem, Sara, de verdade; estou bem e estou muito feliz em ver você e seu papai", ela abraçou a mulher angelical contra ela. Ela se virou para Andrew: "Não sabia que seria tão cedo."

"Nenhum momento como o presente, considerando sua recente imprudência", ele encolheu os ombros, mas seus olhos seguraram os dela como se a desafiasse a desistir do que havia concordado. "É óbvio que você precisa de uma supervisão muito maior do que a que tenho lhe dado."

"Concordo", retumbou Gregory.

"Sim, Mestre Andrew", ela disse corando suavemente enquanto desviava o olhar dele.

"Tio Dick, diga ao tio Billy que ele precisa ficar para jantar", Sara choramingou melancolicamente.

Andrew virou-se para o amigo e disse: "Fique para jantar, tio Billy".

"Tudo bem", Wildman grunhiu, "mas se eu for um bom menino, fico com a garota esta noite, certo?" Ele riu para Sara, que assentiu com entusiasmo.

"Ela tem um compromisso amanhã à tarde, então contanto que você a tenha aqui na hora do almoço para que eu possa levá-la, não vejo por que não", disse Andrew, observando a reação de Susan.

"Pronto", Wildman concordou e virou-se para Susan, "Aqui é a sua hora de falar, menina, você concorda?"

"Sim, senhor", disse ela com uma voz mais firme do que se sentia. Ela estava ao mesmo tempo aterrorizada e entusiasmada com a perspectiva, e sabia que Andrew confiava inequivocamente neste homem e que ela sabia que garantia sua segurança.

"Excelente", ele vasculhou o bolso e tirou uma braçadeira de ouro. Estava altamente decorado com letras de filigrana e ele o colocou no braço dela, fechando-o. "Vamos ordenar, já estou na terra dos ternos e gravatas há muito tempo."

"Ah, tio Billy, você nunca mais vem ao clube, e eles têm as melhores sobremesas agora que Sir Barry está comandando as coisas", Sara adulou, "Não tenha tanta pressa, finja que está fantasiado festa!"

A conversa do jantar foi animada e cheia de risadas e, enquanto Susan ouvia, conheceu William Wilder, também conhecido como Wildman. Ele seria seu primeiro treinador na jornada que ela havia começado ao mundo para o qual Robert a trouxera, e ela estava grata por esse tempo para conhecê-lo um pouco antes de partirem. Ele andou com o Clarkson Knights Motorcycle Club. Eles eram bem conhecidos por seu trabalho de caridade, e ele acabara de retornar de um passeio beneficente pela rodovia da Nova Inglaterra, na zona rural de Nova Gales do Sul. Ele trabalhava como fotógrafo e artista freelancer, por isso viajava constantemente, mas sua base era aqui na cidade.

Quando a sobremesa chegou, Gregory colocou uma extra entre Susan e Sara, anunciando que elas poderiam compartilhar a nova criação de Barry, mas principalmente para que Susan comesse a sua própria. Apesar da magreza natural de Susan, ele se preocupava com o fato de ela ser tão magra. Assim que Susan deu a última mordida na sobremesa, Wildman falou.

" Certo , fui um cavalheiro e um bom menino durante toda a refeição, mas cheguei ao meu limite", disse ele a Andrew, "Vou trazê-la de volta na hora do almoço amanhã e poderemos discutir os detalhes então." Ele pegou Susan de seu assento e facilmente a jogou por cima do ombro, batendo em sua bunda ruidosamente antes de sair do clube.

Susan guinchou de surpresa, mas não lutou contra sua posição, pendurada molemente em seu ombro. Ela levantou a cabeça quando eles saíram da mesa e acenou em despedida para James e Sara, que estava rindo alto. Em vez de irem para o estacionamento, eles saíram pela porta principal para a rua, e ele a jogou na garupa da bicicleta e colocou um capacete na cabeça dela.

Ela se agarrou a ele enquanto ele dirigia pelas ruas da cidade e o ouvia falar através de um sistema que ligava os capacetes entre si. Não havia suavidade em sua voz enquanto ele lhe contava suas regras inegociáveis.

"Você vai me chamar de Senhor em todos os momentos, público e privado. Você era a garota de Robert, então não tenho dúvidas de que você tem uma tendência masoquista, mas você vai; repito; você usará sua palavra de segurança se ficar angustiado com qualquer coisa, não importa o quão excitados você ou eu pareçamos. Você obedecerá apenas a mim durante seu tempo comigo, exceto nesta reunião de amanhã, todos os outros compromissos e ausências necessárias serão aprovados somente por mim. Discutiremos seus limites e os meus também como gostos e desgostos mais tarde. No momento , seu único aliado é sua palavra de segurança. Você entendeu?

"Sim, senhor", disse ela, o medo e a antecipação percorrendo-a com as vibrações da bicicleta.

"Bom para esta noite, sua palavra de segurança será Fruitloops." Ele terminou a palestra quando eles pararam na garagem, a porta da garagem se abrindo automaticamente para eles. Ele desceu da bicicleta e tirou o capacete para ela mais uma vez, pegando-a e jogando-a por cima do ombro. Ela se concentrou tanto na voz dele enquanto dirigiam que não percebeu onde estavam e ficou surpresa ao se encontrar no que parecia ser um armazém abandonado.

Ele subiu as escadas de dois em dois degraus, empurrando-a enquanto ela se pendurava sobre seu ombro largo, finalmente entrando em uma porta de metal pesado e ligando um interruptor de luz. A porta se fechou atrás deles enquanto eles caminhavam para o outro lado sombrio da sala, e ele a jogou no chão sem cerimônia, rosnando:

"Não se mova nem um centímetro", ele pegou uma sacola de um banco próximo e tirou uma câmera. , tirando várias fotos da garota.

Susan congelou como um cervo sob os faróis, com os olhos arregalados e piscando quando o flash a pegou de surpresa.

"Estou com dificuldade desde que você entrou naquele lugar esta noite", Wildman rosnou, "Rasteje até aqui como uma boa puta e chupe meu pau", ele recostou-se no banco atrás dele. Susan juntou os braços e as pernas embaixo dela e rastejou lenta e sensualmente em direção a ele, mantendo os olhos em seu rosto. "Você está com fome de pau, não é, uma vagabunda como você precisa disso o tempo todo," sua voz ficou mais profunda e ele murmurou as palavras enquanto ela se ajoelhava diante dele e se inclinava para respirar o cheiro de suas calças de couro surradas. esfregando o rosto contra sua virilha coberta.

Ela estava ciente de um flash disparando enquanto suas mãos trabalhavam no botão e no zíper da calça descendo pelas pernas, não se surpreendendo com o interior macio e com o fato de ele não usar calcinha. Ela se inclinou respirando o cheiro dele enquanto suas mãos guiavam as calças para baixo. Ele agarrou um punhado de seu cabelo e puxou-a para longe de seu pênis, fazendo-a gritar de surpresa em vez de dor. "Desfaça minhas botas primeiro, sua boceta inútil", e quase a jogou no chão a seus pés. Ela se recompôs e puxou as pernas para baixo, ajoelhando-se. Ela se abaixou, desfazendo as fivelas e deleitando-se por estar cercada mais uma vez pelo cheiro de couro e pelo controle de um homem dominante.

Ela tirou as botas e as meias e começou a trabalhar em suas calças novamente quando ele as tirou, pegando-a no processo e jogando-a para trás. Afastando os pés , ele zombou: "Bem, o que você está esperando?", mais uma vez ela se levantou sobre as mãos e os joelhos e rastejou em direção a ele, ajoelhando-se. Ela se inclinou para frente, levantando a mão para as bolas dele enquanto abaixava a cabeça para beijar a ponta quase com reverência, ela deixou sua língua serpentear e girou ao redor da cabeça antes de chupá-la em sua boca.

Agitando a língua sob a cabeça, ela o ouviu gemer, e a mão dele passou por seu cabelo, satisfeita com a reação dele, ela continuou seu ritmo lento, levantando a boca de seu pênis e passando a mão para cima e para baixo no eixo enquanto sua língua fazia trilhas semelhantes. para cima e para baixo na haste venosa. Ela inclinou a cabeça ainda mais para lamber suas bolas, provocando outro gemido de satisfação antes que ele de repente puxasse sua cabeça para trás pelos cabelos, fazendo-a olhar para ele.

"Há muito tempo para isso mais tarde", ele rosnou, "Agora abra!"

Ela abriu a boca e ele empurrou nela, fazendo-a engasgar. Ela engoliu em seco; ele tinha um pau razoavelmente grande, mas não tão grande, e quando ela entrou no ritmo com ele , ela gorgolejou e engoliu em volta da cabeça, entrando no portal de sua garganta, em vez de engasgar e engasgar com ele. Os cachos macios que coroavam o pênis que ela chupava avidamente cheiravam às calças de couro que ele usava, e ela voluntariamente enfiou o nariz nelas enquanto ele continuava a empurrar para dentro e para fora de sua boca.

Lágrimas escorriam por suas bochechas e baba pendia de seu queixo quando ele puxou seu cabelo para trás, inclinando seu rosto para ele, com apenas a cabeça de seu pênis permanecendo entre seus lábios. O flash disparou várias vezes e ele gemeu alto: "Abra, língua para fora." O primeiro jato de esperma fez seu pau pular, espalhando-o sobre seu nariz e bochecha, o segundo pousando em sua língua e um terceiro pousando em seu nariz e bochecha novamente, errando por pouco seu olho. Ele colocou a sua pila de volta na língua dela e ordenou: "Chupa!" O flash continuou a disparar durante o último orgasmo, mas ela não se importou por estar tão quente e excitada naquele momento.

"Para alguém sem muito treino, você é um bom chupador de pau", disse ele quando finalmente a puxou para longe de seu pau e a jogou de volta no chão. "Agora podemos começar a trabalhar. Siga-me", disse ele e se virou para ir embora antes de acrescentar: "Rastejar".

Eles se mudaram para o outro lado da extremidade mal iluminada do enorme espaço aberto que ela presumiu ser um armazém convertido. Ele sentou-se numa grande cadeira de couro e ela se ajoelhou diante dele. "Mãos", ela ouviu o comando e ergueu as mãos para ele e ele envolveu seus pulsos com algemas de couro semelhantes às que ela havia usado para Robert. "Gostei das botas, você vai ficar com elas, fique de pé", ordenou.

Levantando a perna dela até o assento entre as pernas dele, ele prendeu o tornozelo da bota com um punho; a mão dele subiu pela perna dela até sua boceta, "Você adora chupar pau, não é, menina?" ele murmurou enquanto seu dedo passava pelo material frágil de seu fio-dental e entrava em sua umidade, fazendo-a ofegar e morder ela lábio enquanto ela se equilibrava em um pé. Seu dedo entrou e saiu dela algumas vezes enquanto ele rosnava: "Eu te fiz uma pergunta, menina."

"Sim, senhor", ela ofegou.

"Então diga!" ele solicitou puxando o dedo dela e acariciando seu clitóris levemente.

"Eu adoro chupar pau, senhor", ela ofegou, deixando escapar um pequeno gemido enquanto corava.

"Boa menina. Não haverá mais nada disso enquanto você estiver comigo", ele juntou o fio dental frágil e arrancou-o do corpo dela. "Sem calcinha, sem sutiã. Estamos claros?"

"Sim, senhor," ela disse sem fôlego, a dor do elástico quebrando a aqueceu ligeiramente.

"Outro pé", ele ordenou e ela mudou de posição. "Você teve sua bunda fodida?"

"Sim, senhor", ela respondeu e continuou a resposta simples enquanto ele continuava perguntando sobre sua experiência até agora. Ela tinha sido espancada, cortada, espancada, açoitada e chicoteada? Foram usados grampos, plugues anais, contas, bolas de ben wah? Brincadeira de cera, esportes aquáticos? Ele estava feliz por ela não ter piercings e por parecer amar couro tanto quanto ele. Ele então perguntou sobre fetiches de estilo de vida, o único que ela realmente conseguia entender era ser mantido como animal de estimação. Embora desejasse aprender a servir como Samantha, ela não se lembrava do nome.

Ele explicou que havia escolhido o endereço de Sire porque, embora se identificasse com o fato de ser um Papai-Dom, não gostava da imaturidade e das afetações infantis de meninas como Sara. Em vez disso, ele ansiava pelo respeito e pelo controle final de ter uma jovem como Susan que confiasse nele para tudo. Ele cuidaria dela e controlaria sua vida durante o tempo em que ela estivesse com ele, como um pai faria com uma menina, mas ele também tinha uma grande tendência sádica e gostava que suas meninas abraçassem sua necessidade de pau e uso duro. Ele gostava então de ser verdadeiras vadias, flertando e provocando até mesmo com seus amigos, e embora ele permitisse que ela chupasse muitos paus diferentes esta semana, ela não deveria fazer sexo com penetração com outras pessoas enquanto estivesse com ele. Ele não queria um bebê chorão, ou um birra, se ele quisesse que uma garota chorasse e fizesse beicinho , ele daria a ela um bom motivo para fazer exatamente isso.

"Há algo que não abordamos que você gostaria de acrescentar?" ele perguntou a ela seriamente.

"Fui apresentada a esse tipo de... vivendo pelo Robert como você sabe. Desde o momento em que peguei a coleira dele eu sabia que queria vivenciar mais, tudo, tudo que ele queria me mostrar, mas..." ela vacilou, "Não era para ser, agora cabe a homens como você me mostrar coisas diferentes. O que estou tentando dizer é que ainda não sei do que não gosto ou quais são os meus limites, só conheço os limites de um homem. maneira, e eu o amava o suficiente para fazer qualquer coisa por ele. Isso", ela olhou para ele, "será diferente em muitos níveis."

"Ah, querida menina", ele segurou seu rosto e beijou seu nariz, "Você já me agradou de mais maneiras do que poderia imaginar apenas com essa frase."

Ele a puxou para seu colo: "Agora, menina, isso não é para puni-la, mas simplesmente para meu próprio prazer." A mão dele bateu em sua bunda e ela gritou. Ele era um homem grande, tanto em altura quanto em músculos, sua bunda esquentou rapidamente e ela gritou e soluçou ofegante enquanto os dedos da outra mão a fodiam e provocavam seu clitóris. Em muito pouco tempo, ela estava implorando para gozar.

"Não há necessidade de implorar esta noite, você pode gozar quantas vezes puder", ele sorriu, gostando que ela fosse uma vadia gostosa e dolorosa. Andrew minimizou o quão boa essa garota era, ou talvez não tenha percebido. De qualquer forma, ela seria dele por uma semana, e ele tinha toda a intenção de aproveitar ao máximo isso. Ela gozou forte e longamente cobrindo sua mão e sua coxa em evidência de seu prazer ao ser espancada. Ele a empurrou de seu colo para cair a seus pés.

"Limpe sua bagunça, vagabunda", ele rosnou e ela imediatamente ficou de joelhos e lambeu sua coxa quase ronronando de prazer. Ele levantou a cabeça dela pelos cabelos e enfiou os dedos pegajosos em sua boca. "Uma menina tão faminta, aposto que você gostaria que isso fosse um pau, não é? Não se preocupe, vou garantir que você chupe mais pau do que você jamais imaginou esta semana", disse ele com um sorriso desconfiado. Susan deleitou-se com as últimas ondas de seu primeiro orgasmo real em meses e sabia que era disso que ela precisava. Ela sentiu o desejo dele por ela, e foi o suficiente, o suficiente para fazê-la querer agradá-lo e ouvir seus elogios.

*****

Susan acordou enrolada como uma bola em uma pequena cama no canto do grande armazém em plano aberto. Ela podia ver Sire descansando em um sofá de couro próximo, digitando em um iPad, e levantou-se cautelosamente alongando os longos músculos não utilizados que haviam trabalhado na noite anterior. Ela olhou ao redor do espaço iluminado pelo sol e ficou maravilhada com o quão bem ele havia sido projetado. Tinha sido praticamente lançado nas sombras na noite passada , então ela realmente não foi capaz de absorver a vastidão de uma casa sem paredes. Sem saber se deveria pedir permissão para se mover , ela ficou sentada em silêncio, esperando ser notada.

Eventualmente, desesperada para ir ao banheiro, ela falou calmamente: "Bom dia, senhor. Posso usar o banheiro, por favor?"

"Que bom que você está acordado, venha aqui e chupe meu pau primeiro, ele está perdendo a atenção de sua boquinha chupadora de pau há mais de uma hora esta manhã", respondeu Sire, "e essas fotos que tirei de você ontem à noite não ajudou minha paciência enquanto você dormia." Ele segurou o iPad em direção a ela para que ela pudesse ver seus próprios olhos marejados acima dos lábios bem esticados enquanto ela chupava seu pau na noite anterior.

Susan rastejou até ele, tentando lembrar as poucas regras que ele havia imposto a ela na noite anterior e se ajoelhou diante dele. Ele permaneceu tão nu quanto ela devido aos esforços da noite anterior, e ela baixou a cabeça desimpedida até seu pênis e o beijou quase com reverência antes de passar a língua para cima e para baixo em seu comprimento. Ajoelhando-se em uma posição melhor, ela envolveu seu pênis com uma pequena mão e rolou a língua em volta da cabeça.

"Sem mãos", ele murmurou, e ela obedientemente colocou as mãos atrás das costas, alargando a boca para esticar os lábios sobre a largura de seu pênis. Sua língua tremeu e rolou enquanto sua boca se ajustava ao tamanho, ela sentiu as mãos dele se enredarem em seu cabelo quando ela começou a balançar a cabeça lentamente para cima e para baixo, levando mais dele em sua boca.

Suas mãos apertaram mais enquanto ele a guiava no ritmo que ele gostava, pois mesmo que seu pênis fosse largo, não era muito longo, e ela o tomou inteiro sem engasgar completamente. Os seus engasgos e gorgolejos pareciam estimulá-lo, e ele começou a empurrar para cima com as ancas enquanto empurrava a boca dela para baixo. Ele não durou muito e depois de apenas mais alguns minutos gozou ruidosamente, grunhindo enquanto empurrava para dentro dela aos solavancos. Ela gorgolejou e engoliu , levantando a cabeça lentamente enquanto ele soltava seu cabelo, certificando-se de que ela não deixasse nenhum esperma nele.

"Ah, sim, valeu a pena esperar, você pode ir ao banheiro agora", Sire sorriu e ficou na frente e rastejou atrás dele. Ele a sentou no vaso sanitário na parte de trás do assento, deixando um pequeno espaço entre as pernas abertas e a frente do assento. Ele olhou para ela, "Bem, mije se você precisa tanto", ele rosnou.

Susan fechou os olhos e desejou que sua bexiga relaxasse, ela tinha acabado de começar a fazer xixi quando gritou de surpresa, seus olhos se abriram para descobrir que Sire também estava fazendo xixi ao mesmo tempo em que espalhava seu jato amarelo por toda sua boceta enquanto o fazia. Quando terminou , segurou a sua pila na boca dela, "Limpe a minha pila", ordenou ele.

Incrédula do pedido e de sua própria vontade de obedecer, ela separou os lábios lentamente e pegou a cabeça agora esponjosa entre os lábios, sugando e sacudindo em estado de choque quando ele lhe deu um último esguicho de mijo quente em sua língua. "Engole, mijo é estéril, não fará mal nenhum", ele riu ao ver a renúncia dela entre a obediência e a repulsa, mas ela engoliu. "Boa menina", ele acariciou o cabelo dela, "Agora tome banho, você cheira como uma prostituta de dez dólares em uma noite movimentada", ele continuou a rir de seu profundo rubor de humilhação.

"Sim, senhor", ela respondeu automaticamente.

Ele a deixou então, e ela mergulhou no chuveiro esfregando o corpo e gargarejando com a água quente e fumegante para livrar a boca do gosto de urina. Ela saiu do banheiro sentindo-se fresca e relaxada, a água quente fazendo maravilhas em seus músculos doloridos. Ele gritou de uma parte do espaço na metade do caminho e sorriu quando ela se aproximou.

"Sente-se e coma. Você é muito magro, como todo mundo diz, e estou sob instruções estritas para alimentá-lo bem", ele riu e sentou-se. Ele tinha feito panquecas, bacon, ovos e uma montanha de torradas. "Felizmente sempre faço uma grande compra quando chego em casa de uma viagem", ele riu.

Susan descobriu que, assim como no jantar da noite anterior, ela estava com fome e comeu feliz. Ela não tinha certeza se era o exercício que ele havia lhe dado na noite anterior ou apenas o novo senso de direção que ela tinha em sua vida, mas ela não questionou e comeu sabendo que estava sendo observada.

"Existe alguma razão para esta reunião acontecer no clube?" Senhor perguntou.

"Acho que Mestre Andrew só queria que eu me trocasse antes de entrar na empresa; é uma reunião de negócios", ela respondeu com sinceridade.

"Ok, acho que deveria deixar você se vestir para a reunião", ele riu, "Podemos pegar algumas outras coisas na sua casa. Presumo que você tenha um apartamento lá?"

"Sim, senhor", ela sorriu, apanhada pelo humor dele.

"Continue comendo, vou ligar para Alan. Veja se não podemos mudar um pouco o local", ele sorriu.

Susan continuou a comer, mas pôde ouvir a conversa em voz alta enquanto o temperamento de Sire explodia e ela se encolheu um pouco. Ele voltou franzindo a testa para ela e ficou profundamente perdido em pensamentos por um momento. Voltando de repente de seus pensamentos, ele olhou para ela: " Filhos da puta superprotetores, não são? Não admira que você precisasse escapar." Ele estendeu a mão e pegou a mão dela num ato de ternura e compreensão. "Estarei aqui quando você voltar desta sua reunião de negócios. Vá se vestir agora, pequena", ele a incentivou.

"Sim, senhor", ela disse suavemente, confusa com o que havia acontecido.

Ele limpou os detritos do grande café da manhã, observando-a do ponto de vista de ser alto o suficiente para ver por cima ou além de qualquer mobília entre eles. Ela era uma bela jovem, submissa e obediente apesar da falta de treinamento. Porém, havia mais nela do que aparentava, e ele decidiu que precisava descobrir todos os detalhes da morte de Robert e sua participação nela. Pela maneira como Alan e Andrew estavam reagindo ao pedido dela, parecia que eles não confiavam no julgamento dela sobre o que ela queria ou precisava em sua vida, e ele sabia exatamente quem poderia lhe dar as respostas que ele queria, se ele pudesse encontrá-la. .

Sire vestiu sua jaqueta de couro velha e desgastada, tirou uma menor que ele tinha para ocasiões como esta e a ofereceu a Susan, que parecia tão sexy quanto na noite anterior, ainda mais porque agora ele conhecia as delícias de usando o pequeno corpo delicioso . A jaqueta, embora pequena, ainda era vários números maior, mas ela arregaçou as mangas e eles saíram para voltar para o apartamento dela. Durante o passeio, ele perguntou sobre seu trabalho na empresa e as pessoas com quem ela trabalhava. Ele ficou satisfeito em saber que Cassandra era sua assistente e perguntou se ela estaria na reunião hoje. Ele sorriu para si mesmo enquanto Susan explicava exatamente onde poderia encontrar Cassandra.

Estacionando do lado de fora da porta principal novamente, Sire a acompanhou até seu apartamento. Ele imediatamente e com um senso de urgência vasculhou seu guarda-roupa, jogando várias roupas em sua cama. "Aqueles que você irá embalar junto com quaisquer coisas pessoais que você queira ter para o resto da semana. Qualquer outra coisa que precisarmos , iremos providenciar, você não voltará aqui até que terminemos seu treinamento." ele olhou para ela enquanto ela inclinava a cabeça e mastigava o lábio, pensativa. Ele caminhou até ela e ergueu seu queixo para que seus olhos se encontrassem.

"Eles vão te perguntar de novo se esse treinamento é o que você quer", disse ele sério, "Tenha muita certeza antes de responder porque não vou te tratar como uma frágil boneca de porcelana. Vou aproveitar cada momento da sua submissão, do meu jeito, não compromissos ou tratamento especial, duro, áspero e exigente como eu." Ele viu uma sugestão de sorriso e sabia que era isso que ela precisava ouvir. Agora ele só precisava descobrir o que diabos estava acontecendo nos últimos seis meses.

Susan sentiu uma sensação de alívio. Ela ficou preocupada com a mudança de humor dele após a ligação para Alan e pensou que talvez ele não quisesse treiná-la mais. Ela estava ansiosa por ser empacotada novamente para suportar a meia-vida agonizante de pena e perda que vinha vivendo. Havia semelhanças com Robert no homem que olhava para ela, mas também havia muitas diferenças e isso tornava tudo emocionante à sua maneira. Ele foi escolhido porque Andrew confiou nele sua submissão e, estranhamente, depois de tudo o que Robert passou para ganhar sua confiança, o endosso de Andrew foi suficiente para Susan por enquanto.

"Sim, senhor", ela respondeu finalmente, "eu gostaria muito de ficar com você por mais uma semana." Ele riu e se inclinou para beijá-la profundamente, batendo em sua bunda ao fazê -lo, provocando um grito que o fez rir mais.

"Bom, agora esta reunião", ele voltou para o guarda-roupa dela, "Você vai precisar de algo sexy. Algo que diga que você é uma jovem mulher de negócios confiante , que conhece o que quer." Ele começou a segurar os ternos dela e a descartá-los um por um. "Finalmente", ele respirou. Ele ergueu um vestido curto estilo túnica azul marinho. Ele foi até a gaveta de roupas íntimas dela, "Por mais que me doa", ele estendeu uma calcinha de renda transparente e um par de meias cor de carne na altura da coxa com punho de renda elástica na parte superior. Ele a observou enquanto ela se vestia, passando seus sapatos azuis de salto alto para combinar.

"Cabelo preso e só um pouquinho de maquiagem", ele ordenou e começou a guardar em uma sacola as coisas que havia jogado na cama.

"Coisas pessoais?" Sire perguntou enquanto ia fechar o zíper da bolsa, e ela foi até o banheiro pegar sua escova de dente, lembrando-se do novo sabor desta manhã. Ela também trouxe algumas de suas maquiagens e laços de cabelo junto com uma fotografia. Uma foto de família feliz dela e de seus pais, tirada na festa de aniversário. Robert não estava lá, mas Susan lembrou-se de quem segurava a câmera e sorriu ao olhar para ela antes de entregá-la para ele embalar.

"Tinkerbelle, hein? Combina com você", Sire riu. Ele pegou a bolsa e a jaqueta que ela havia usado antes no passeio de bicicleta. "É melhor levá-lo até Andrew, então."

Eles desceram os elevadores até o clube e atravessaram o saguão ignorando todas as saudações enquanto ele a guiava para a sala. Sire não perdeu tempo com gentilezas no que considerava um clube pretensioso.

"Eu não sei o que você está fazendo aqui, Andrew. É a vida dela, sua submissão, seu dom e, pegando emprestadas as palavras de nosso irmão Barry, se você segurar as rédeas dela com muita força , ela vai te morder e fugir." ele se virou e entregou o telefone a Susan, "Meu número estará aí quando isso acabar, irei buscá-la sempre que desejar, basta ligar e me dizer onde."

"Se, por alguma razão inexplicável, você não ligar esta noite", ele lançou um olhar de aço para Andrew, "eu devolverei sua bolsa para o hall de entrada aqui amanhã." Ele caminhou até a porta voltando-se para uma última cena de despedida: "Não faça ela te morder, Andrew, porque você nunca a terá de volta."

"Você deveria ter contado a ele", disse Gregory do outro lado da sala, fazendo Susan pular, "Assim como você deveria contar às partes interessadas." Gregory parecia zangado e Susan percebeu que participara de uma discussão, mesmo sem saber. Ela ficou imóvel tentando descobrir o que tinha acabado de acontecer.

Andrew foi até Susan e a levantou, notando sua mente trabalhando nos problemas em questão, pela maneira como ela mastigava tão bem o lábio inferior. Ele se sentou em uma cadeira grande e confortável e a segurou no colo antes de beijar sua testa e sorrir.

"Não fique tão preocupado, pequenino, não é tão ruim", disse Andrew suavemente. "Você parecia ótimo, feliz mesmo quando chegou. Você teve uma noite divertida?"

"Sim, Mestre Andrew", Susan sorriu.

"Bom", Andrew relaxou visivelmente ao ver o sorriso dela, e Gregory se aproximou e sentou-se próximo. "Eu tenho que levar você para a reunião com Alan; ele está muito ocupado para sair do escritório agora, então iremos para lá em breve, mas primeiro", ele se esquivou, " Barry convocou uma reunião das partes interessadas para esta noite e eu não acho será agradável. Você não precisa comparecer se não quiser."

"É sobre mim?" Susan começou a morder o lábio novamente enquanto considerava as palavras dele.

"Sim", Andrew ficou surpreso com a pergunta dela, "Barry afirma que tem garantia prévia de que teria permissão para treiná-lo e que, por meio de Robert, você concordou e aceitou o acordo. Como seu guardião, o desejo da parte interessada de me suplicar para reviver o acordo original."

"Entendo", Susan assentiu, "Você poderia me levar para ver o Mestre James, por favor, antes da reunião com Alan, tenho certeza que ele não se importará se eu me atrasar um pouco", ela perguntou esperançosa.

"Eu poderia, mas gostaria de saber o porquê primeiro", Andrew franziu a testa, essa não era a resposta que ele esperava.

"Por favor, Mestre Andrew, é muito importante para mim, e você pode ficar comigo o tempo todo. Tenho uma ideia , mas não tenho certeza se funcionará, e preciso pensar bem e falar com Mestre James antes de dizer em voz alta", ela explicou sem explicar.

Na verdade, havia muito pouco que Susan pudesse pedir-lhe que ele não fizesse, e ele não via mal nenhum no seu simples pedido. "Gregory, você pode ligar para Alan e ver se podemos adiar a reunião em uma hora? Diga a ele que é 'importante'", ele enfatizou a palavra e sorriu. Ele acenou com a cabeça para o telefone na mão de Susan, "Você pode ligar para James, pois não tenho ideia de por que você quer vê-lo."

Susan riu e ligou para o número de seu telefone. Ela tinha todos os números dos amigos mais próximos de Robert, caso precisasse deles. James ficou muito feliz em ouvi-la e agradeceu a visita improvisada. Gregory confirmou que Alan estava feliz em adiar a reunião, pois poderia reservar tempo para Susan sempre que ela chegasse esta tarde.

Dentro de meia hora, Susan estava sentada no escritório de James com Andrew após prolongadas saudações e suspiros de Sara, que alegou nunca ter sido autorizada a entrar no escritório de seu pai. Finalmente, ela fez beicinho e foi assistir desenhos animados para que pudessem conversar sobre coisas de adultos, embora Susan fosse apenas um pouco parecida com ela.

"Venha pequenina. Diga ao tio James como ele pode ajudá-la", o idoso deu um tapinha em seu colo convidando-a a sentar. James tinha um jeito de fazê-la se sentir como uma criança pequena e obedientemente ela se sentou em seu colo e o deixou abraçá-la de forma tranquilizadora.

"Você vem para a reunião das partes interessadas, tio James?" Susan perguntou suavemente.

"Claro, pequenino", Barry foi muito inflexível sobre isso.

" Bem , o problema é o seguinte", Susan sentou-se e tentou ser mais adulta do que a presença dele jamais permitiu que ela fosse. "Conheço o cronograma de treinamento que meu Mestre estabeleceu melhor do que ninguém. Ele sempre me disse o que queria e me deu escolhas, e acho que algumas pessoas esquecem que isso faz parte de quem eu sou." James assentiu, mas ficou em silêncio até que ela conseguisse descobrir o que queria dizer.

"A questão é," ela franziu a testa tentando colocar o que queria dizer em palavras. "É como se você fosse o primeiro na lista que o Mestre fez a partir do acordo que ele fez com seus amigos e..." ela fez uma pausa mordendo o lábio, "se eu tivesse vindo até você como estou agora, e você concordasse que alguém você me orientou deveria me treinar em seu lugar por causa de sua estreita conexão com o Mestre..."

"Então você poderia passar uma semana com Billy," James terminou por ela, rindo com alegria genuína. "Robert sempre se gabava de como você era inteligente e atencioso! É genial!" Suas risadas fizeram sua barriga revirar e sacudir Susan, que não pôde deixar de rir com ele.

"Talvez você pudesse encorajar os outros mestres também a usar um segundo, alguém em quem eles foram mentores e em quem confiaram, para que Susan tivesse esse grau de separação de Robert", sugeriu Andrew, que havia permanecido em silêncio.

"Excelente!" James entusiasmou-se: "Eu poderia fazer um discurso sincero em nome dela. A questão é: Billy a quer de volta?"

"Ele levou minha bolsa com ele, que ele mesmo arrumou, e me disse para ligar para ele assim que estivesse pronto", Susan sorriu.

"Boa menina," James estava se divertindo imensamente. A aposentadoria e a vida tranquila com Sara, que realmente era uma boa menina, não o entusiasmavam como antes. " Mas, você trará o tio Billy para brincar com Sara em uma tarde de sua escolha, para que você e eu possamos conversar um pouco mais." Susan assentiu mordendo o lábio e se perguntando como ela diria a Sire que ele precisava ir a um chá com Sara quando James falasse novamente. "Não se preocupe, pequenino, contarei a ele se você quiser. Acho que ele iria adorar o que você disse esta tarde." Ele caiu na gargalhada. "Acho que não vimos algo assim desde que Kitty nos deixou, hein, Dick?"

Andrew assentiu, mas não expressou seus sentimentos, eles ainda estavam muito cruéis. Kitty havia morrido há uma década, mas só recentemente ele se despediu dela de verdade, junto com seu amigo mais próximo e parceiro de negócios, Robert.

"Sinto muito, tio James, mas tenho outra reunião para ir. Tenho certeza que se você explicar isso ao senhor, humm Billy, então ele me trará para um encontro para brincar em breve", ela sorriu. "Vejo você hoje à noite e você vai me ajudar, com os outros Mestres?"

"Claro, querido filho. Na verdade , estou bastante ansioso por isso", James estava rindo novamente.

"Eu também", Andrew não pôde deixar de entrar na atmosfera jovial.

Susan beijou a bochecha de James e se levantou, voltando para o lado de Andrew enquanto ele, por sua vez, se levantava e pegava a mão dela. "Diga a Sara que vou pedir aos tios dela que lhe enviem uma surpresa por ser uma menina tão boa." Susan sorriu e eles caminharam até a porta e saíram silenciosamente.

Susan viajou silenciosamente no carro ao lado de Andrew enquanto eles entravam na empresa perdidos em seus próprios pensamentos. "Parecia que todos nós subestimamos você, pequenina", Andrew finalmente quebrou o silêncio. "Como você sabia que James tinha tanto peso no estilo de vida?"

"Na verdade, não. Foi uma espécie de aposta, mas o Mestre sempre mostrou deferência a ele, ele sempre foi o primeiro", Susan descartou a suposição de que ela tinha alguma maneira interior de saber.

"Que eu saiba, três vezes alguém traiu James. Em dois desses casos, os homens acabaram falidos e sozinhos, com suas reputações em frangalhos", Andrew sorriu. "Mesmo que você não perceba, o que você acabou de fazer foi um golpe de mestre. Espero que você tenha gostado de sua noite com Sire, pois haverá mais por vir agora."

"Eu posso viver com isso", ela sorriu.

Andrew riu com ela e olhou para ela com atenção. Ele a tinha visto apenas como escrava de Robert, enquanto ele estava vivo, alguém com quem comandar e brincar. Em sua morte, ele a viu como uma criança a ser protegida, mimada e cuidada. Agora, quando ela emergiu da nuvem negra que a inundou após sua morte , ele percebeu o quão capaz ela era de administrar sua própria vida, mas ao mesmo tempo disposta a se curvar às regras e vontades das pessoas que eram importantes para ela no clube. , a companhia e o estilo de vida que compartilhavam como ela aprendera a fazer com Robert.

Susan ficou surpresa com a saudação calorosa que recebeu das recepcionistas do andar térreo, ela se perguntou se eles sempre foram tão amigáveis ou se era apenas porque ela estava com Andrew. Eles pegaram o elevador até o escritório de Alan em silêncio e atravessaram o hall de entrada e seguiram pelo corredor até a suíte, cumprimentando os colegas de trabalho no caminho.

Anne se levantou e cumprimentou Andrew rapidamente, em seguida, abraçou Susan: "Oh, meu Deus, é tão bom ver você e você está incrível!" Ela caminhou com eles até o escritório de Alan. Susan tinha muito que queria deste encontro e acalmou o friozinho na barriga ao olhar para seu amigo e guardião Alan , cujo rosto quase se partiu ao meio pelo sorriso ao vê-la. Ele a envolveu em um grande abraço e beijou-a profundamente.

" Então você está de costas e tem uma proposta para mim", Alan a colocou de pé novamente.

"Não é tanto uma proposta, mas algo que eu gostaria de fazer", disse Susan, esperançosa, assumindo uma voz confiante, embora suas entranhas parecessem gelatinosas. Ela se preparou para dar seu ultimato, mas esperava que não soasse como se fosse um ultimato. Ela finalmente respirou fundo e disse a Alan exatamente o que havia dito a Andrew apenas vinte e quatro horas antes. "Podemos falar como amigos, por favor, amigos que se preocupam uns com os outros?" Andrew recostou-se e observou, imaginando se seu rosto estava cheio de desgosto e confusão, quando ela disse as mesmas palavras para ele, como o de Alan estava agora.

"É claro", disse Alan magnanimamente, recuperando rapidamente a compostura profissional.

Susan encobriu seu tempo na "barraca" de Andrew e sua imprudência em procurar encontros de uma noite só para sentir algo novamente. Ela explicou que os casos de uma noite eram uma perda de tempo e que Cassandra dissera que era uma lição que ela precisava aprender. Aquela baunilha já não trazia nenhum prazer real para ela.

Sem pressa , ela explicou sobre a visita de Barry e Cinthia e sua proposta sobre o treinamento que Robert havia implementado. Finalmente, ela falou sobre seus próprios sentimentos sobre como isso poderia funcionar agora e se ele ajudasse James na reunião desta noite, ela poderia ficar feliz. Entre todas as informações que ela lhe deu, ela falou sobre como se sentia como uma leprosa, intocável e frágil, como um brinquedo quebrado em uma prateleira alta que as pessoas pegam, mas depois lembram que está quebrado e vão embora.

"Há mais", Susan respirou fundo. "O lado comercial da minha vida, e é por isso que estou aqui", disse ela calmamente.

"Com certeza, continue então", Alan entusiasmou-se e recostou-se na cadeira, gostando de apenas ouvi-la falar com uma direção clara. Susan descreveu sua ideia para um novo negócio que ela poderia possuir e administrar sob a bandeira da empresa e sua ideia de viajar para inspecionar empresas e fabricantes com ideias semelhantes.

"Isso tudo era de Robert, não verdadeiramente meu e, embora eu seja grato por minha posição aqui em sua empresa, se algum dia quiser encontrar um pouco de paz nos pesadelos e na culpa que me atormentam, não posso estar aqui ou naquele escritório. gostaria de viajar e ver como essas empresas operam e os fabricantes que as fornecem, constroem relacionamentos, por assim dizer", Susan finalmente parou para respirar e olhou para Alan.

" Então, para recapitular pelo que entendi," Alan olhou para ela sério, "Você quer que eu apoie James e tudo o que ele disser sobre o seu treinamento na reunião das partes interessadas esta noite", ele esperou enquanto ela balançava a cabeça corando suavemente, "e você me quer para aprovar sua perambulação pelo país inspecionando pequenas empresas entre este treinamento." Novamente Susan assentiu.

"Como o sócio principal neste negócio, além de você e Vince, embora isso ainda esteja para ser decidido, tenho que perguntar", Alan olhou para ela com firmeza, "O que isso traz para nós."

Andrew ficou surpreso com a pergunta. Ele nem sequer havia considerado dizer não a Susan, mas sim a logística de mantê-la segura enquanto viajava. Ele observou Susan endireitar as costas e respirar fundo.

"Não posso voltar aqui em tempo integral e ser feliz", disse Susan com tristeza. "Conversei com meu advogado e a ideia é boa, e eu poderia fazer isso sozinho se precisasse e sobreviver com os dividendos de minhas ações na empresa. No entanto, preferiria fazer isso com sua orientação." Ela apelou para o ego dele: "Robert me disse enquanto estávamos na Itália que você poderia dirigir esta empresa, assim como ele, se não melhor enquanto ele estivesse fora, era por isso que ele poderia simplesmente se levantar e sair por uma quantidade tão grande de vez; ele tinha você e Andrew para cuidar de tudo... inclusive de mim." Ela disse as duas últimas palavras sem pensar, mas sabia que era verdade.

"Tal bajulação está abaixo de você, Susan, embora meu ego tenha gostado de acariciar. Aqui é sobre negócios, de que tipo de negócio estamos falando?" Alan sentou-se em sua cadeira, pronto para interrogá-la e abrir buracos em seus planos de negócios, se ela tivesse algum.

Andrew sentou-se observando a troca, foi por isso que ele deixou a administração da empresa para Alan, apenas participando das grandes decisões. Alan, pequeno ou grande, deleitava-se com as maquinações do mundo dos negócios e conseguia identificar possíveis armadilhas antes dos outros.

"Estou interessado em joias, uma pequena loja para começar, mas eventualmente expandindo para uma franquia. Embora ela vendesse o tipo usual de coisas encontradas em uma joalheria, eu gostaria que fosse mais uma boutique especializada em vidro soprado à mão também como roupas de fetiche, como as coleiras que o Mestre Andrew faz. Elas são lindas e, pelo que posso dizer, um mercado amplamente inexplorado, além do que está disponível on-line", Susan fez uma pausa para respirar. Na verdade, acreditando ser uma espécie de jovem viúva, ela vinha pesquisando tipos semelhantes de negócios on-line nos últimos dois meses.

"Entendo", Alan murmurou, "Você tem um plano com você?"

"Se eu pudesse entrar em um computador em algum lugar, poderia imprimir para você", Susan sorriu ao notar a surpresa no rosto de Alan com satisfação. Ela entrou propositalmente sem nada nas mãos. Interiormente, Susan sorriu, mas manteve o rosto sério, ela havia enviado o plano por e-mail para si mesma, caso tal ocasião surgisse.

"Claro, Anne vai deixar você usar o dela", Alan riu percebendo que havia subestimado a jovem. Robert a ofuscou tanto que nunca deu muito crédito ao diploma de administração que ela possuía e ao motivo pelo qual ela veio trabalhar para ele. Ele observou Susan sair do escritório fechando a porta atrás dela.

"Interessante", Alan murmurou para Andrew, "acho que subestimei aquela garota."

"Você e eu," Andrew riu, "Eu entendi ontem o acordo 'podemos conversar como amigos que se preocupam um com o outro', com mais peso nas coisas pessoais e no treinamento. Acho que apesar da quantidade de vezes que Robert nos contou sobre sua inteligência e força, a maioria de nós subestimou totalmente aquela garotinha."

"Eu vejo isso", Alan assentiu, admitindo que sentia o mesmo.

"Recebi alguns conselhos de Wildman hoje cedo", Andrew começou a rir, percebendo o quão verdade era depois da conversa de Susan com Alan sobre seguir sozinha se ele não a apoiasse, mesmo que ela tivesse dito isso com tato. para a mesma coisa.

"Eu posso imaginar", Alan riu alto.

"Surpreendentemente, ele citou Barry, entre todas as pessoas, e acho que será necessário esta noite se surgir a oportunidade. Depois da conversa que você acabou de ter com Susan , acho que pode ser apropriado usar as próprias palavras dele." Andrew fez uma pausa e Alan olhou para ele com uma sobrancelha levantada.

"Ele percebeu que ela estava encontrando seu próprio caminho em seus próprios termos, e ela estava assustada, como um Brumby sendo trazido para o pátio, nas palavras de Barry, 'se você segurar as rédeas dela com muita força, ela vai te morder e fugir'. e se ela o fizer, não sei se conseguiremos recuperá-la", Andrew esfregou o queixo. "Com os casos de uma noite e tudo mais, eu me preocupo..."

"Sim, posso ver isso , mas não vou aprovar um plano de negócios ruim", Alan também parecia pensativo. "Se precisar de melhorias, como todos fazem no início, podemos fazer isso juntos, no clube, se ela não quiser estar aqui", emendou ele, adiando as palavras dela e as preocupações bem fundamentadas de Andrew.

Susan voltou mastigando um biscoito e entregou as folhas impressas de seu plano para Alan. "Por favor, dê-me a sua opinião honesta", disse Susan suavemente enquanto largava o documento.

Observando Alan começar a folhear o documento, ela se virou para Andrew e falou baixinho: "Você acha que poderíamos jantar mais cedo antes da reunião desta noite, por favor, Mestre Andrew?" Ela olhou para cima e viu Anne fechar a porta do escritório depois de ouvi-la falar, mais uma vez Anne sugeriu fortemente que ela fizesse algo e ficou por perto para ter certeza de que o faria. "Estou morrendo de fome ultimamente."

"Claro", disse Andrew franzindo a testa, percebendo que eles haviam pulado totalmente o almoço.

"Há um pequeno restaurante asiático ótimo no caminho para o clube, se você quiser comer em algum lugar diferente. Eu ia levar Anne no caminho, se você quiser se juntar a nós, só não conte a Barry, ele pode ser um pouco autoritário. sobre comermos em outro lugar", Alan sorriu.

Andrew encolheu os ombros e Susan assentiu com um sorriso. Parecia que alguém finalmente estava ouvindo ela. Robert sempre disse para não ter medo de pedir o que ela queria, ele então escolheria se seria apropriado ou não. Talvez tenha sido a maneira calma e bem pensada com que ela abordou os dois homens a quem ele havia confiado seu futuro, em vez de criticá-los por quererem escapar e ficarem sozinhos, o que ela percebeu agora nunca foi uma opção aberta para ela. Tanto Andrew quanto Alan levavam suas responsabilidades a sério e essa era sua maneira de homenagear Robert.

"Obrigado a ambos por ouvirem meus pedidos com seriedade e por reservarem um tempo para pensar sobre eles. Não deve ter sido fácil conviver comigo recentemente e sinto muito por isso", Susan olhou para os dois "Eu sou uma garota de sorte ter vocês dois cuidando de mim e ainda cuidando do meu bem-estar e eu amo vocês por isso. Robert, como sempre, sabia do que eu precisaria antes mesmo de mim. Ela mordeu o lábio enquanto se permitia pensar no controle dele sobre sua vida, seus olhos ficando vidrados com lágrimas não derramadas. "Percebo minha mudança de atitude em relação ao trabalho e bem, tudo parece meio repentino, mas tenho pensado muito nisso recentemente e quero muito fazer isso, tudo isso."

"Ainda não analisei esse plano e não vou deixar você fazer um mau investimento só porque pediu com educação", disse Alan com firmeza.

"Oh, eu sei", Susan sorriu torto, "é por isso que Robert confiou em você para me aconselhar e me ajudar. É por isso que ele confiou em Andrew para garantir que eu não seria simplesmente arrebatado por um Mestre que não merecia minha submissão. Finalmente entendi isso." Ela deu uma risada envergonhada: "Eu só gostaria de... não sei... ter uma escolha sobre o que meu futuro reserva e começar a viver de novo, sabe?" "Nunca tive coragem suficiente para falar com você sobre o que eu realmente queria fazer." Ela olhou para os dois : "Acho que a visita de Cinthia e o convite de Barry foram o catalisador, adicionei minha confissão bêbada a Gregory sobre o que eu estava fazendo na cabana e tudo meio que aconteceu ao mesmo tempo, então finalmente eu tive que falar acima."

Alan olhou novamente para o plano em suas mãos. Ele gostou do pequeno discurso dela. Mostrou a premeditação de uma decisão que ele considerou precipitada e tomada às pressas. "Peça a Anne para lhe mostrar alguns escritórios para os quais poderíamos transferi-lo e escolher seus próprios esquemas de cores e tal, enquanto Andrew e eu conversamos sobre esse seu plano e o que você quer que eu apoie." James na reunião desta noite", Alan era muito profissional, em vez do idiota relaxado que Susan sabia que estava dentro daquela personalidade de homem de empresa.

"Sim, Mestre Alan", Susan sorriu levemente. Ela não queria abusar da sorte fazendo mais perguntas sobre quando Andrew lhe contou sobre seu desejo de mudar de escritório ou por que ele concordou tão rápido. Em vez disso, ela assentiu e saiu silenciosamente da sala, deixando os homens conversando.

Anne ficou emocionada por ter Susan só para ela por enquanto e conversou alegremente enquanto caminhavam pelo corredor para dar uma olhada nos escritórios. Aproximando-se do primeiro, ela reconheceu-o e virou-se para Anne com os olhos arregalados: "Não quero expulsar ninguém do seu próprio escritório!"

"Oh, que lindo", Anne sorriu, "Você não é. Eles são voluntários. Na verdade, aposto que eles tentam fazer com que você se comprometa a assumir o cargo deles."

"Por que eles fariam isso?" Susan ficou confusa mais uma vez.

"Cada um dos homens é um executivo de alto desempenho que fez bem em evitar que seu portfólio entrasse em colapso após a notícia de... bem, você sabe. Qualquer escritório que você escolher se mudará para o escritório de Alan, e ele se mudará para a suíte que você estará desocupado. É uma situação em que todos ganham, se você pensar bem. Ana explicou.

"Por que Alan não trocou comigo pessoalmente?" Susan divertiu-se com a explicação de Anne.

"Porque você está sendo uma criança mimada ultimamente, e ele queria que você escolhesse por si mesma, para que não pudesse mudar de ideia em mais alguns meses", Anne encolheu os ombros e reprimiu um sorriso ao ver a expressão de horror no rosto de Susan para ela. palavras farpadas.

"Fui muito horrível com todos vocês, não fui?" Susan reconheceu. "Foi só..."

"Nós entendemos, querido. Ainda assim , é bom ver um vislumbre da Susan que conhecíamos voltando. Talvez você se lembre de quem realmente são seus amigos agora", Anne estava sendo amarga, mas não conseguiu se conter, estava magoada por Susan ter reapareceu nos últimos dois dias sem sequer ligar para avisá-la e talvez marcar um encontro com ela.

Susan não sabia como se desculpar pelas coisas maldosas e dolorosas que dissera a todos os seus amigos que só queriam ajudá-la em seu luto. Em vez disso, ela não disse nada agradecida pela compreensão e perdão deles. Ela evitou vê-los novamente, sabendo que eram necessárias desculpas, mas parecia que era tarde demais para Anne, a julgar pela maneira como ela falava com Susan.

Como previsto , cada um dos executivos entusiasmou-se com Susan e vendeu os melhores pontos de seus escritórios individuais, mas foi um dos assistentes que a ajudou a tomar algum tipo de decisão. O próprio executivo era bastante típico dos machos alfa encontrados nesta empresa. Rhys Muldoon era alto, bonito e musculoso e falava com confiança ao cumprimentar as duas mulheres, recebendo-as em seu escritório na ausência de sua assistente.

Depois de terem feito uma rápida visita ao escritório bem equipado, eles se prepararam para sair quando um jovem imaculadamente vestido entrou apressado. "Anne! Cheguei tarde demais?" ele lhes presenteou com café e alguns bolinhos, incentivando todos a se sentarem nas cadeiras confortáveis e saborearem o lanche. "Querido, se eu conheço Alan e Andrew, eles têm deixado você maltrapilho o dia todo, como você está, namorada?" Ele apertou a mão de Susan antes de oferecer o prato de guloseimas para ela.

Anne caiu na gargalhada enquanto o jovem mal os deixava falar enquanto continuava fazendo perguntas após perguntas a Susan. Rhys interrompeu o fluxo com uma repreensão áspera. "Talvez se você respirasse de vez em quando eles responderiam às suas perguntas", disse ele com um sussurro baixo e perigoso. Devidamente repreendido, o jovem recostou-se na cadeira e olhou ansiosamente para as meninas.

"Não, você não chegou tarde demais e Susan está indo muito bem, não está, querido?" Ana respondeu-lhe.

"Isso é maravilhoso, obrigada", Susan indicou os pastéis perfeitos, "Estou morrendo de fome, não poderia ter vindo em melhor hora."

"Com licença, senhorita Biancotti, tenho um trabalho que é urgente", disse Rhys levantando-se da cadeira confortável.

"Oh, sinto muito", Susan imediatamente se levantou como se fosse sair.

"Por favor, fique, Patrick vai fazer beicinho, se você não deixar ele mostrar os detalhes que ele mesmo adicionou ao escritório e conseguir todas as fofocas de vocês dois." O homem riu do olhar horrorizado que Patrick lhe deu e continuou: "Não tenha pressa; tenho certeza de que não há pressa, se eu conheço Andrew e Alan , eles estarão discutindo sobre algum pequeno detalhe no que quer que estejam falando." O homem assentiu e saiu da sala.

"E é por isso que eu o amo", disse Patrick emocionado enquanto se voltava para as mulheres. "Bem, como você não fugiu com um príncipe do Oriente Médio, preciso de todas as fofocas", ele sorriu para Susan.

"Você está brincando?" Anne exclamou, não deixando Susan falar por si mesma: "Ela voltou aqui exigindo um novo escritório, provavelmente um novo PA e está fazendo um teste para novos mestres como se pudesse escolher quem ela quisesse. Esta menina cresceu um par de bolas enquanto ela estava fora." Ela jogou a cabeça para trás rindo enquanto provocava Susan. A verdade é que ela estava se sentindo traída por Susan não ter compartilhado nenhum de seus planos com ela. Robert colocou-a na posição de confidente da sua escrava, e Anne considerou-se a melhor amiga de Susan neste mundo. Susan deveria ter procurado seu conselho ou pelo menos conversado com ela sobre seus planos, mas em vez disso obviamente falou com outras pessoas.

"Oh, meu Deus, não é nada disso!" Susan engasgou: "Eu pareço tão ruim assim? Eu só queria começar o treinamento que Robert planejou para mim novamente e voltar ao trabalho de uma forma que eu não fosse constantemente lembrada dele e da culpa que sinto por ele ter me salvado enquanto ele e Tony..."

"Morreu", Patrick terminou para ela, lançando um olhar duro para Anne. "Nossa, Anne, isso foi um pouco mal-intencionado até para você."

"Oh, querida, relaxe, foi uma piada", Anne colocou um braço em volta do ombro de Susan. "Você tem que ser mais duro que isso, as pessoas vão dizer muito pior, assim como fizeram quando você tirou a coleira do Robert, lembra? Conversamos sobre tudo naquela época."

Susan assentiu e sorriu torto, ela só não esperava ouvir tais coisas dos lábios de Anne, afinal elas eram amigas. Ela mordeu o lábio pensativamente e pegou outro bolinho pequeno.

"Ela também é uma daquelas garotas que pode comer qualquer coisa e nunca engordar, você acredita?" Anne acrescentou com um sorriso malicioso, fazendo Susan parar de mastigar. Anne estava rindo, mas Susan percebeu que havia raiva por baixo da superfície de seus comentários mordazes, e ela se perguntou por quê.

"Você sabe o que dizem, Anne, se você não pode dizer nada de bom, então cale a boca. Vamos, Susan, deixe-me mostrar-lhe este lugar corretamente", disse Patrick levemente, pegando-a pelo braço e guiando-a pela grande sala. "Eu realmente não estou interessado em deixar nosso pequeno ninho de amor", Patrick piscou, fazendo-a sorrir, "Bem, não para um escritório do mesmo tamanho com uma vista que é apenas um pouco melhor, levei séculos para acertar aqui. Se você nos oferecesse sua suíte, por outro lado," Ele sorriu deixando-a aberta, "Que outros escritórios você visitou?"

Susan listou os nomes dos outros executivos que visitou e Anne acrescentou o nome do último que ainda não tinham visto logo atrás deles.

" Então você fez tudo isso sozinho?" Susan perguntou indicando os móveis que faziam o grande escritório parecer aconchegante e aconchegante.

"Claro, assim como Anne remodelou o fabuloso espaço de Alan. A maioria dos assistentes que conhecem bem o seu Mestre tendem a se encarregar desse lado das coisas", Patrick estava obviamente gostando do elogio tácito que veio de Susan.

"Muito obrigada por me mostrar todos os seus segredos maravilhosos aqui, gosto particularmente dos painéis escondidos nas paredes, é tão quente e aconchegante", disse Susan entusiasmada, "Mas acho que meu tempo acabou há muito tempo e ainda temos mais um para olhar, então devemos ir."

"Robert colocou você em uma situação difícil, fazendo de você um parceiro menor aqui. Anne está certa, as pessoas vão falar e dizer coisas maldosas, apenas continue fazendo o que você está fazendo. Tudo vai dar certo e as pessoas vão se acostumar com isso , eventualmente", ele sorriu genuinamente para ela.

Eles saíram para a pequena área de recepção do escritório, onde a mesa de Patrick se abria para o amplo corredor aberto. O trio se assustou quando Rhys, que havia saído da sala mais cedo, levantou-se da cadeira na mesa de Patrick e franziu a testa para os três. Sem qualquer preâmbulo, ele falou com firmeza: "Patrick mostre à Srta. Biancotti o próximo escritório de sua lista e depois devolva-a a Andrew e Alan. Acredito que gostaria de falar com a adorável Anne."

"Sim, Mestre", disse Patrick e guiou Susan para fora da cena que ele tinha certeza que estava se formando. Susan parecia preocupada e mordeu o lábio, mas Patrick estava tagarela de sempre, tranquilizando-a: "Essa garota é tão popular. Você sabe que ela era uma Domme antes de vir trabalhar aqui. Todo mundo ainda respeita a opinião dela; ela tem uma mente muito boa. para os negócios, embora os dela tenham falido há um tempo, e ela precisasse de Robert e Andrew para salvá-la, por assim dizer. Bem , isso é notícia velha, aqui estamos", disse ele sorrindo e parando em sua conversa constante.

Susan entrou em um escritório que continha o que só poderia ser descrito como uma decoração espartana. Parecia não haver nenhuma decoração, e a mobília consistia em uma grande escrivaninha de bordas duras e várias cadeiras de aparência desconfortável.

" Bem , é uma tela em branco", disse Patrick alegremente, "não acho que o proprietário goste de desordem, não é?" Susan balançou a cabeça com uma risada suave.

Eles voltaram para o escritório de Alan conversando lentamente sobre assuntos gerais da empresa; Susan decidiu que realmente gostava de Patrick. Ele não ignorou a morte de Robert e seu subsequente desaparecimento, mas também não insistiu no assunto. Ele era forte o suficiente para dizer o que sentia sem parecer grosseiro e era uma companhia genuinamente boa.

Eles entraram em um escritório cheio de tensão e Susan não tinha certeza do que estava acontecendo, então ficou em silêncio olhando para o grupo de pessoas.

"Bem, tudo parece justo e tratarei disso com mais detalhes amanhã", disse Alan finalmente em meio ao silêncio. "Obrigado por chamar minha atenção para isso, tenho estado um pouco distraído ultimamente", admitiu. "Vamos comer e podemos conversar sobre os resultados durante um longo jantar antes da reunião das partes interessadas. Você trouxe seu carro ou bicicleta?" ele perguntou a André.

Susan olhou para Anne durante a conversa. Ela parecia subjugada e não devolvia o olhar enquanto os homens faziam planos para a noite e Rhys saía da sala com Patrick emitindo despedidas amigáveis e votos de felicidades com seus planos. Quando eles saíram para dirigir até o restaurante sugerido por Alan, Susan percebeu que Anne não estava com eles e franziu a testa olhando por cima do ombro enquanto Anne se sentava em sua mesa enquanto esperavam pelo elevador.

"Anne tem algumas coisas importantes para resolver," Alan explicou vendo sua expressão e o olhar que ela lançou para Anne. Susan assentiu, mas mais uma vez seu lábio ficou preso entre os dentes. Entraram no elevador e desceram em silêncio.

Quando Alan foi fazer o check-in na recepção, Susan virou-se para Andrew e disse suavemente: "Sinto muito se estou agindo como uma criança mimada voltando e exigindo que todos mudem seus horários perto de mim".

"Você não exigiu nada. Você veio até mim com uma proposta e perguntou se isso poderia ser feito. seu pé e não comprometido", Rhys contou a eles o que Anne havia dito, e Andrew sabia o quanto as palavras farpadas de sua amiga teriam impactado a frágil bravata que Susan reuniu para voltar ao mundo que ele e Alan haviam sido preocupada que ela abandonaria após o assassinato de seu Mestre.

"Você precisa nos dizer o que você precisa agora," ele continuou puxando-a suavemente para perto dele. "O que você passou foi traumático, para dizer o mínimo, e acredito que você está sendo muito corajoso diante do julgamento de outras pessoas. Você não pode aceitar todos os comentários sarcásticos, às vezes há outras razões pelas quais as pessoas dizem as coisas que eles dizer."

"Não me sinto muito corajosa neste momento", Susan sussurrou.

"Anne ficou um pouco chateada porque você não ligou para ela e contou o que estava planejando e deixou que ela lhe desse conselhos, como ela costumava fazer", admitiu Andrew. "Como todos nós, ela sofreu por Robert com você e não sabia o que dizer ou fazer. Todos esperávamos que você viesse até nós quando estivesse pronto. Alan e eu, como seus guardiões, estamos em uma posição única onde você deve vir até nós se quiser continuar fazendo parte do mundo que Robert lhe deu, mas Anne esperava que você ainda a procurasse como amizade. Ela não deveria ter dito o que disse e será punida por não comparecer esta noite mas tente entender que ela sente falta da sua amizade próxima."

"Eu sou uma pessoa horrível", Susan quase chorou. "Eu continuo sendo tão cruel com as pessoas de quem gosto e dessa vez eu estava tão focada no que eu precisava..." sua voz foi sumindo.

"Vai ficar mais fácil e não há nada lá que não possa ser consertado a tempo", Andrew assegurou-a, mas deixou que ela assumisse a culpa por suas ações.

"Espero que haja muitas pessoas que merecem minhas desculpas e explicações depois dos últimos seis meses", admitiu Susan. Ela pensou em como faria isso enquanto caminhavam até o carro e seguiam para o restaurante.

Durante a refeição, Alan deu-lhe a sua opinião sobre o seu plano de negócios. Estava cru e tinha buracos, mas ele achou que as torções poderiam ser resolvidas e melhoradas para torná-lo uma proposta sólida. Ele sugeriu um ciclo de duas semanas de negócios e treinamento para que a cada mês pudesse haver progresso tanto em seu plano pessoal quanto em seu plano de negócios. As primeiras duas semanas do lado comercial seriam passadas com ele ou outro executivo da empresa resolvendo os problemas da proposta dela. Isso significaria que ela precisaria de um escritório, mais cedo ou mais tarde, e de um assistente pessoal na empresa.

"Posso, por favor, ficar com Cassandra?" Susan perguntou um pouco confusa.

"É claro", disse Alan magnanimamente, "mas Cassandra já passou da idade de aposentadoria e você realmente precisa considerar outras opções também. Ela pode não querer voltar ou ficar apenas por um curto período de tempo."

"Eu também tenho uma ideia sobre os escritórios", Susan mordeu o lábio, "mas provavelmente vai parecer que estou sendo malcriada e exigente de novo."

"Depois desta noite, quando seus planos pessoais e de negócios tiverem sido definidos e acordados, duvido que haja outra oportunidade para você ser malcriado ou exigente, então vamos lá", Alan riu.

"Bem..." ela hesitou e respirou fundo antes de dizer o que pensava. "Andrew admitiu que deixa a gestão da empresa para você e que está lá apenas para as decisões realmente importantes." Andrew ergueu uma sobrancelha, mas assentiu. "Não seria melhor se Alan e quem quer que dirigisse as coisas em sua ausência, se é que existe algum, tivessem suítes para receber clientes e tal. Quero dizer, vocês dois poderiam trocar de escritório, seja quem for a pessoa que for melhor para assumir o cargo. quando necessário, pode ficar no meu escritório e eu ficarei com o deles."

"Faz sentido", Andrew concordou, reconhecendo que mal estava lá para usar o conjunto de quartos que ocupava.

"Acho que pode ser muito cedo para mudar a estrutura que Robert tinha. Vários homens foram inestimáveis nos últimos seis meses e são parte da razão pela qual a empresa ainda está obtendo grandes lucros para todos nós. " Alan se esquivou.

"Mas ela está certa", Andrew disse sério. "Robert nunca teria deixado o negócio apenas em minhas mãos. Ele sempre foi quem dirigiu a empresa e, como os acontecimentos recentes são, nós, ou seja, você, provavelmente deveríamos ver quem poderia dirigir o navio se algo desagradável acontecesse." Alan assentiu, mas parecia ansioso com a discussão.

"Você gostou da sua noite com Wildman?" Alan perguntou mudando a conversa rapidamente, precisando de tempo para pensar sobre o que Susan e Andrew haviam dito, imaginando se ser o novo CEO de uma empresa tão grande e lucrativa o tornava um alvo.

" Sim , obrigada", Susan corou profundamente antes de acrescentar: "Muito."

"Bom, então esta noite será óbvia. James dirá a todos o que fazer, e nós o apoiaremos. Deve acabar rapidamente", Alan sorriu para Susan. "Essa foi uma pequena manobra muito inteligente que você fez, pequena." Ela retribuiu o sorriso dele ainda corado, e eles conversaram sobre o treinamento e os vários Mestres que Robert havia abordado para acrescentar ao seu treinamento. Por fim, Alan olhou para o relógio e declarou que deveriam ir embora.

Chegando ao clube, Susan ficou preocupada pensando que deveria se trocar, mas Alan e Andrew a levaram direto para a reunião. Ao entrar na grande sala, ela olhou em volta observando as pessoas que conhecia. Ela sorriu para todos e se ajoelhou desajeitadamente em seu vestido entre Alan e Andrew. Os gêmeos chegaram com suas filhas; James não trouxe Sara; Bill também estava sozinho e conversou com Josie e sua filha Gian. Barry e Cinthia estavam ligeiramente afastados, com Barry e Gregory por perto. Parecia que todos haviam chegado cedo, e Susan sentiu um frio na barriga enquanto suportava os olhares que todos lhe lançavam.

"Bom, estamos todos aqui. Barry , você convocou esta reunião, então vamos em frente", disse Andrew sério.

"Deveríamos nos livrar da carne escrava primeiro", afirmou John Goodman, olhando em volta.

"Envie o seu, se desejar, mas o resto pode ficar no que lhes diz respeito", disse Barry abruptamente. Ele afirmou que Robert havia abordado pelo menos cinco dos Mestres presentes para ajudar no treinamento de sua filha, Susan. Ele achou que ainda era apropriado que ela recebesse o treinamento que ele havia planejado para ajudá-la a fazer escolhas seguras, sensatas e consensuais em seu estilo de vida. Ele continuou, lembrando aos dominantes as garotas que todos conheciam e que estavam em uma posição semelhante de serem parcialmente treinadas e fazerem combinações menos favoráveis com Mestres que eram novos no estilo de vida. Ele falou sobre fazer uma oferta a Susan recentemente e seu retorno subsequente, e a escolha de Andrew de se desviar do plano original de Robert. Ele achou justo que Susan frequentasse primeiro seu rancho para receber o treinamento que ele havia oferecido. Finalmente, ele sentou-se e abriu os braços como se convidasse os outros a falarem.

"Parece-me", James disse lenta e deliberadamente, "que se você vai defender o plano de Robert para treinar esta garotinha como a razão para interromper o que aconteceu nas últimas vinte e quatro horas, você está completamente enganado sobre isso. Susan vai primeiro ao seu rancho." Ele olhou para todos os dominantes na sala, chamando sua atenção.

"Veja", ele pegou o diário de trabalho de Susan na mesa à sua frente, "No verdadeiro cronograma estabelecido pelo próprio punho de Robert, foi minha Sara quem foi a primeira, seguida por Shaky, Samantha e depois Cinthia e Anne. Há uma nome da menina escrito em cada um dos cinco dias de sua semana de trabalho." James colocou o diário aberto de volta na mesa para que outros pudessem ver.

"Este livro estava aqui na sala. Andrew, é claro, procurou informações sobre o treinamento que Robert havia organizado. Depois de ver isso, ele me contatou a respeito do pedido de Susan para retomar seu treinamento após sua visita não anunciada a Susan em sua casa. recuar", disse James, fazendo com que os motivos de Barry parecessem dissimulados. Houve um murmúrio entre os outros Mestres que ele permitiu continuar por um minuto antes de levantar a mão. "Eu sou um homem velho e Sara é mais do que suficiente para eu lidar, então pedi a um homem que fui mentor e a quem confiaria a vida de Sara para treinar a pequena Susan em meu lugar."

"Não vejo problema nisso; Andrew é o guardião dela, junto com Alan", Bill encolheu os ombros expressando sua opinião. "Realmente não deveria ter nada a ver com as partes interessadas, ela não é propriedade do clube nem influencia o seu funcionamento. Certamente é melhor deixar este assunto nas mãos dos seus tutores". Bill ainda não havia aceitado o que acontecera na Itália. Ele acreditava que a perda de seus amigos e o trauma pelo qual Susan havia passado poderiam ter sido evitados se ele tivesse sido mais rápido em juntar as peças da identidade de Lúcifer. A culpa o atormentava e ele achava difícil estar na mesma sala que Susan e discutir o futuro dela sem Robert.

"Exatamente o que penso," James concordou. "Acredito que esta reunião apressada não fez nada além de angustiar uma menina que tentava corajosamente juntar os pedaços de sua vida despedaçada." Ele olhou significativamente para Barry.

"Essa não era minha intenção", disse Barry com alguma raiva na voz. "Não houve nada dissimulado em minha convocação para esta reunião, apenas para obter um conhecimento claro das ações e intenções de Andrew. Desejo apenas que Susan esteja segura e feliz."

"É o que todos nós queremos", concordou James, "ou nenhum de nós teria vindo ver do que se tratava. Como estamos todos aqui, gostaria de apresentar uma nova ideia aos Mestres que Robert fez. abordar e dar àqueles que ele não fez a oportunidade de oferecer orientação a Susan através de Andrew." Mais uma vez ele fez uma pausa para ouvir murmúrios e acenar com a cabeça em concordância. "Eu sugeriria que se algum de vocês ainda estiver disposto a oferecer treinamento ao pequeno, considere escolher um homem em quem você confie e que de preferência tenha sido seu mentor. Eles poderiam realizar esse treinamento, com sua supervisão próxima, se desejarem, mas nenhum- a menos que alguém que possa se tornar seu Mestre no futuro deva formar um forte vínculo durante o treinamento.

"Concordo", John Goodman surpreendentemente falou. "De que período de tempo estamos falando? O treinamento para uma garota que vem até mim levaria mais tempo, eu acho, do que a maioria das outras, pois é uma prática exigente, incluindo estilos de dança e movimento."

"Ela também exige um retorno à empresa da qual agora é sócia secundária, por isso vamos escalonar o treinamento entre os compromissos de trabalho", acrescentou Alan à conversa. "Estávamos considerando intervalos de duas semanas . Se isso não for tempo suficiente, podemos negociar com você, John." John assentiu e recostou-se para examinar a pequena menina que havia criado toda essa confusão, perguntando-se se ela era forte o suficiente para ser tratada como uma escrava de Gor.

"Estou dentro", disse Steve, "basta me ligar para acertar o horário e ver se meu homem pode estar disponível.

"Você poderia me adicionar à lista de quem você gosta", Josie acenou com a mão, "Robert não me perguntou, mas ela pode muito bem ter a experiência de um treinamento completo." Andrew assentiu e os olhos de Susan se arregalaram um pouco enquanto Gian sorria timidamente para ela.

"Venha aqui, pequena." James disse suavemente para Susan. Ela se desdobrou instável e ficou de pé, permitindo que ele a puxasse para seu colo. "Você ouviu o que todos nós dissemos, mas como sempre você tem uma escolha. Conheço Robert bem o suficiente para saber que ele sempre lhe deu a escolha nas grandes decisões da vida. Sua capacidade de escolher esta vida ou não é o seu maior trunfo", ele sorriu. para ela. "Então aqui está sua chance de ser ouvido, você está seguro aqui e nós iremos ouvi-lo."

"Posso ficar de pé, por favor, Mestre James", disse Susan calmamente. James sorriu e ajudou-a a se levantar.

" Em primeiro lugar , gostaria de agradecer a todos por terem vindo esta noite, muitos de vocês mal me conhecem e, no entanto, todos ouviram e concordaram com o que foi dito. Agi mal em minha dor, deixando de fora meus amigos e os amigos do meu Mestra, e peço sinceras desculpas por isso", ela olhou incisivamente para Cinthia antes de voltar seu olhar para as outras garotas que sorriram encorajadoramente.

"Na verdade, não pensei em retomar o treinamento que meu Mestre havia estabelecido até que Mestre Barry e Cinthia vieram me ver, mas a ideia me atraiu muito, por isso voltei e falei com Mestre Andrew. felizmente cumpri o que foi decidido para mim e não esperava que as coisas fossem colocadas em prática tão rapidamente. Estou um pouco impressionado e gostaria de agradecer a cada um de vocês por sua oferta para continuar meu treinamento. Eu respeito e confio tanto no Mestre Andrew quanto no Mestre Alan e espero que, com a ajuda deles, eu possa deixar meu Mestre, Robert, orgulhoso da maneira que escolhi para continuar a viver da maneira que ele queria, mesmo quando ele se for ." Sua voz falhou e ela puxou os ombros para trás, desejando não chorar.

"Eu entendo que todos vocês têm vidas ocupadas e que se adaptar ao treinamento de uma garota que não é sua pode ser difícil e se vocês mudarem seus horários ou os de outras pessoas por mim, farei o meu melhor para provar que sou digno de Eu gostaria muito de retornar a William Wilder esta noite e permitir que vocês, os Mestres que tanto respeito, e a Senhora", Susan inclinou a cabeça para Josie, "definam o que acontecerá a seguir."

"Então vou mandá-la de volta para Wildman esta noite, Barry?" James perguntou.

"O que você disse, e o que a própria Susan disse, me levou a retirar minha declaração anterior. No entanto, verificarei a situação dela todas as semanas para garantir sua segurança e felicidade", disse ele seriamente.

"Talvez um árbitro imparcial fosse melhor", sugeriu James, "Talvez Gregory, que cuida tão bem das meninas aqui, pudesse reportar para você semanalmente. Ele tem um segundo aqui no clube agora, acredito, e pode gostar assumindo novas tarefas."

"Ele já é um homem ocupado..." Barry começou a tentar segurar o fio que o conectaria a Susan até que ela fosse até ele para treinamento.

"Seria uma mudança de ritmo interessante", Gregory interrompeu suas palavras. Havia tensão entre Andrew e Barry desde a morte de Robert e ele podia ver isso como outro ponto de discórdia, quando na verdade ele acolheu com satisfação a oportunidade de garantir a segurança de Susan , como vinha fazendo discretamente nos últimos seis meses.

" Bem , se isso acabou, eu tenho que ir." Bill ficou incapaz de suportar a tristeza na voz da garotinha por mais tempo. Houve um murmúrio de assentimento e com um aceno de braço ele saiu da sala. Por sugestão dele, vários outros interessados saíram atrás dele, sentindo a tensão entre Andrew e Barry que seria melhor resolvida sem a presença deles. Em quinze minutos, Barry, James, Andrew e Alan permaneceram com Gregory, que pairava perto de Susan.

"Vou acompanhar Susan e Cinthia até o apartamento dela para que ela possa se trocar, se houver mais sobre esse assunto a ser dito", Gregory ofereceu intuitivamente, percebendo que James era provavelmente o melhor homem para intervir na tensão entre Andrew e Barry por causa de Susan. bem-estar antes que se tornasse um problema maior.

Quando Gregory fechou a porta, ele ouviu James dizer: "Se você pudesse ter deixado seu ego de lado por tempo suficiente para ligar para Andrew e perguntar, você poderia ter evitado tudo isso e colocado aquela garotinha sob ainda mais pressão."

As meninas ficaram em silêncio enquanto subiam de elevador e Gregory deixou Susan entrar em seu apartamento. Ele sentou-se numa cadeira confortável enquanto entravam no quarto de Susan.

"Cinthia, sinto muito, tive que contar a Andrew, ele é a coisa mais próxima que tenho do Mestre agora. Eu precisava contar a ele, não tenho tomado as melhores decisões sozinha ultimamente", começou Susan.

"Você ainda poderia ter falado comigo, Anne, com qualquer uma das meninas..." Cinthia disse com dor na voz.

"E depois? Apenas fugir para o rancho? Andrew ou Gregory vieram e me arrastaram de volta para me explicar?" Susan disse frustrada. "Não sei como é para você ou para as outras garotas, mas tenho tantas pessoas observando cada pequena coisa que faço. Se eu peidar com muita frequência , vou correndo ao médico!" Ela sentou-se na beira da cama com a cabeça apoiada nas mãos. "Parece que não importa o que eu faça, é a coisa errada e tem sido desde a morte de Robert. Talvez eu devesse ter ficado escondido em vez de voltar, mas agora é tarde demais, então tenho que tirar o melhor proveito disso."

Cinthia sentou-se ao lado dela na cama e passou um braço em seus ombros. "Você sempre foi aquela pequena inocente, Anne e eu só queremos te ajudar, cuidar de você, do nosso jeito. Você não fala mais conosco sobre o que está acontecendo com você desde..." Cinthia suspirou. "Ela me ligou, antes de você chegar, aos prantos. Ela disse algumas coisas maldosas, mas você tem que saber que ela realmente não quis dizer nenhuma delas. Somos seus amigos, só queremos ajudar, e você parece estar nos excluíndo."

"Sinto muito, mas até ontem à noite eu nem tinha certeza se queria isso", Susan tentou explicar. "Não sei quem sou sem Robert , mas foi bom ter um Mestre que não sentiu a necessidade de me tratar como um brinquedo quebrado ou como se eu pudesse quebrar a qualquer momento. , apenas obedeça. É disso que preciso agora e é a única coisa da qual tenho certeza. Não quero mais falar sobre o que aconteceu na Itália. Não quero falar sobre como estou me sentindo ou o que estou bem por enquanto. Não quero ajudar todo mundo a lidar com sua dor revivendo esses detalhes. Tenho pesadelos, pulo com barulhos altos, não quero falar com todas aquelas pessoas lá embaixo sobre Robert e como Eu sinto que preciso seguir em frente ou enlouquecer."

Cinthia assentiu, ela não tinha percebido como as boas intenções de querer Susan por perto para que ela pudesse cuidar dela e conversar com ela teriam um efeito negativo. Ela se levantou e entrou no guarda-roupa vasculhando as roupas enquanto pensava nas palavras de Susan. " Bem , se você está determinado a ir, é melhor usar algo adequado", disse ela com sua voz profunda e rica.

"Ele estará de bicicleta, então botas seriam úteis", disse Susan baixinho, franzindo a testa com a mudança de humor.

"Se bem me lembro, ele é fã do look de colegial safada ", Cinthia tirou uma saia plissada xadrez e uma blusa branca transparente. Susan deu uma meia risada triste e assentiu, tirando as roupas das mãos de Cinthia.

Uma hora depois, Wildman entrou no salão do clube, pegou Susan nos braços de um bombeiro e grunhiu para Andrew: "Vou devolvê-la no domingo à noite". Então ele saiu sem avisar nenhuma das outras pessoas na sala. Jogando-a na traseira da bicicleta, ele lhe deu uma jaqueta e um capacete antes de subir, e a bicicleta ganhou vida embaixo deles.

Eles chegaram ao apartamento do armazém e foram até a garagem. Antes que a porta de enrolar se fechasse, Susan viu-se despojada do capacete e da jaqueta e mais uma vez agasalhada sobre um ombro largo como um bombeiro enquanto ele subia as escadas de dois em dois degraus. Caminhando pelo vasto espaço do armazém, ele finalmente parou no canto escuro da sala mal iluminada. Ele a sentou na pequena cama onde ela havia dormido na noite anterior e começou a acender velas na pequena área. Pareceu a Susan que ele havia levado algum tempo para se preparar para o retorno dela.

"É tarde", ele finalmente rosnou para ela, "Você me fez esperar muito pela sua ligação."

— Sinto muito, senhor — disse Susan, contrita, sabendo muito bem que não poderia tê-lo contatado antes.

"Você vai ficar", ele disse com um sorriso malicioso. "Levante-se", ele ordenou. Susan se levantou e ele passou a mão pela perna dela para sentir sua boceta. "Eu tinha uma regra sobre isso," a voz dele ficou mais baixa e seus dedos enrolaram-se em torno do tecido frágil, arrancando-os com força do corpo dela, fazendo-a tropeçar em direção a ele. Ele agarrou-a entre as mãos, levantando-a e pendurando-a nas costas da cadeira de couro; ela descobriu que precisava apoiar as mãos nas almofadas, pois o encosto alto a deixava pendurada precariamente.

Ela ouviu, em vez de ver, o cinto assobiar através das presilhas quando ele o tirou, e ficou tensa esperando o primeiro golpe.

Susan sentiu a mão dele, e não o cinto, contra sua bunda enquanto ele acariciava as bochechas arredondadas e levantava a saia que ela ainda usava alta. Os toques suaves e ternos a confundiram, não era o que ela esperava dele depois da noite passada e desta manhã. Ela esperava ser tratada como um brinquedo sexual e usada com força, não acariciada e tratada com cuidado.

"Você estava atrasado e usava calcinha, você percebe que não posso deixar uma violação tão proposital das regras ficar impune", Sire sussurrou em uma voz suave enquanto sua mão se movia suavemente sobre sua pele. Vendo-a relaxar sob seu toque gentil, ele levantou o cinto que havia dobrado na outra mão e o desceu contra a bunda dela duas vezes, movendo-se em um padrão de oito e marcando cada bochecha da bunda perfeitamente arredondada. Satisfeito com seus gritos, ele atacou-a novamente antes de exigir: "Você se lembra da sua palavra de segurança?"

"Sim, senhor", ela choramingou, "Fruitloops, senhor."

"E você deseja usá-lo?" seu braço balançou em um arco em forma de oito novamente colorindo ainda mais a bunda dela.

"Não, senhor", Susan gritou.

Soltando o cinto , ele a pegou e a colocou em pé diante da cadeira enquanto ele se sentava e começava a algemá-la e colá-la. Sua mão subiu por sua perna e brincou com sua boceta enquanto algemava seus tornozelos. "Maldita vagabunda gostosa da dor", ele gemeu enquanto seus dedos empurravam para dentro dela e bombeavam para dentro e para fora da umidade pingando, fazendo-a ofegar em sua necessidade. "Você adora, não é, garota nojenta, ofegante como uma vadia no cio," ele retirou os dedos e os forçou em sua boca profundamente, fazendo-a engasgar enquanto observava seu rosto manchado de lágrimas suavemente.

"Tire-se", ele comandou tirando os dedos da boca dela. Ele ficou maravilhado mais uma vez com a jovem perfeitamente formada, seus seios altos e empinados, mas ainda arredondados apesar do tamanho pequeno, seus quadris angulares, mas ele imaginou que com um pouco de peso, eles se curvariam lindamente para a bunda em formato de coração que carregava. as marcas de seu castigo. Ele sentiu seu pênis endurecer em apreciação. Ele notou a pequena tatuagem de linhas finas que a marcava como sendo propriedade de alguém que queria mantê-la para sempre como sua propriedade, mas a ignorou por enquanto, sabendo que era valiosa para a garota que a carregava.

Sire puxou Susan para frente e envolveu seus lábios em torno de um mamilo, sentindo o botão duro rolar sob sua língua antes de mordê-lo e puxar para trás, esticando a carne de seu seio. Susan engasgou e mordeu o lábio, abafando um grito quando ele o soltou apenas para sentir uma pinça de crocodilo morder seu mamilo, mas enquanto sua boca trabalhava no segundo mamilo, ela choramingou quando seus dentes morderam a carne esticando-a de seu corpo. Ela gritou e tremeu quando a segunda pinça foi colocada.

"Cry-baby", ele brincou, "Nós nem chegamos à parte divertida ainda", ele riu segurando uma terceira braçadeira em uma longa corrente presa àquela em seus seios. Susan chupou o lábio entre os dentes e piscou as lágrimas de seus olhos vidrados, sentindo a mão livre dele começar a acariciar sua boceta, seus dedos rapidamente encontrando e rolando seu clitóris. Ela estava uma bagunça ofegante quando, depois do que pareceu uma eternidade, sentiu os sinais reveladores do orgasmo iminente, sentiu a pinça no pequeno nó que era todo o centro de seu ser naquele momento. Ela gritou, seu corpo tremendo de necessidade e dor. A luz branca e quente da dor intensa queimou em seu cérebro, e as mãos dele a pegaram quando suas pernas começaram a se recusar a suportar seu peso.

Forçando-a a sentar-se escarranchada nos braços da cadeira em que ele estava sentado, ele a inclinou para trás, guiando-a a deitar-se quase de cabeça para baixo ao longo de suas pernas estendidas. Forçando três dedos, um de cada vez, em seu pequeno buraco apertado, ele a fodeu com eles, esticando-a e ouvindo seus soluços histéricos de prazer e dor. "Goze , seu filho da puta nojento", ele rugiu para ela e ela se arqueou uivando o orgasmo que assolou seu corpo, fazendo-a estremecer e ter espasmos enquanto flutuava em uma sensação que não sentia há muito tempo.

Mal consciente de qualquer coisa além dos rios de borboletas elétricas que flutuavam para cima e para baixo em seu corpo, derretendo seus processos de pensamento, ela descobriu, ao voltar lentamente à realidade, que agora estava deitada sobre as pernas dele, de bruços, e ela tinha os dedos lubrificados em suas mãos. idiota apertado esticando-o com uma ação de tesoura.

Ofegante, seus olhos tremeram, e ela gemeu e choramingou com o uso contínuo de seu corpo depois de um orgasmo tão alucinante . Ao vê-la começar a se aproximar, Sire a levantou para uma posição sentada acima de seu pau agora duro como pedra , suas pernas ainda escarranchadas nos braços da cadeira, mantendo-a suspensa no lugar. Ele passou um braço em volta da cintura dela e a forçou a abaixar a bunda agora esticada sobre seu pênis enquanto o segurava apontado para o buraco que ele havia preparado. Gemendo alto quando a cabeça entrou no portal, e o pequeno buraco o agarrou com força, ele se deleitou com a sensação dela e com os sons de sua submissão aos seus desejos sombrios.

Colocando ambas as mãos em seus quadris, ele a forçou pesadamente sobre seu pênis, enterrando-se dentro dela e rosnando profundamente de prazer. Cavando os dedos em seus quadris, ele começou a movê-la para cima e para baixo em seu pênis, rosnando em seu ouvido e brincando com a corrente que ainda conectava seus mamilos ao clitóris. Sentindo o seu próprio orgasmo aproximar-se demasiado rapidamente, ele forçou-a a descer sobre a sua pila com força, fazendo-a gritar mais uma vez e puxando-a de volta contra o seu corpo. Chegando ao redor dela, ele cuidadosamente desfez o grampo em seu clitóris, sentindo-a tremer e gritar de dor. Seu corpo arqueou-se com força, pressionando-o com mais força sobre seu pênis.

Sire começou a espancar sua boceta sem muita força, mas o suficiente para manter a dor que sentia fluindo em seu pequeno corpo enquanto os músculos trabalhavam ao redor de seu pênis. "Porra, mostre-me que puta chata você realmente é", ele gemeu em seu ouvido e continuou a dar um tapa molhado em sua boceta. As pinças em seu mamilo saltavam com cada tapa e seu movimento em seu pênis e Susan uivava no grande espaço, seu cérebro se curvando à vontade dele com a dor e o prazer que ele lhe dava.

Era mais do que Sire poderia suportar, e ele a pegou facilmente e a empurrou para o chão a seus pés enquanto ela tremia em seu orgasmo. Pegando um punhado de seu cabelo, ela alimentou-a com seu pau e começou a foder seu rosto, sua boca larga e ofegante por ar, seus olhos quase rolando em sua cabeça enquanto as lágrimas rolavam por suas bochechas. Ele puxou as pinças dos seus mamilos, afogando os seus gritos com a sua pila enquanto o seu orgasmo continuava a sacudi-la, e ele veio pulverizar a sua carga pesada sobre a língua e o rosto dela.

Soltando o cabelo dela, ele finalmente a deixou cair no chão e olhou para a garotinha. Ele a pressionou com força, querendo que ela dissesse uma palavra de segurança . Na verdade, ele não podia acreditar que ela não tivesse feito isso, mas Cassandra o avisou que aceitaria tudo o que lhe fosse dado, confiando que o dominante conheceria seus limites, mesmo que ele fosse desconhecido para ela. Sua inocência e ingenuidade dentro do estilo de vida era algo que Robert valorizava, e ele construiu sua resistência para a dor que infligiu a ela e a fez desejá-la. Porém, como ela era agora, ela era perigosa, ela precisava perceber seus próprios limites de resistência.

O preocupava muito que ela não tivesse nenhum senso de autopreservação, observando seu pequeno corpo ainda se contorcendo levemente, mesmo em seu estado parcialmente comatoso; ele percebeu qual deveria ser a prioridade e por que foi escolhido como seu primeiro treinador após seu retorno ao estilo de vida deles. Pegando-a, ele a levou para sua cama grande e, pegando uma bacia e um pano, limpou-a com cuidado e delicadeza. Deslizando para a cama com ela, ele a abraçou e lembrou-se do que Cassandra lhe contara sobre a morte de Robert. Ele morreu protegendo-a, e ela ficou presa sob seu corpo, coberta com seu sangue até que o motorista do carro conseguiu libertá-la, então o homem dirigiu mesmo quando estava morrendo por causa de seus próprios ferimentos para conseguir. ela para um lugar seguro.

Ela precisava de treinamento de muitas maneiras, mas acima de tudo precisava de cura. Segurando-a nos braços, ele olhou para o teto tentando descobrir como iria ensiná-la que a autopreservação era muito mais desejável do que a obediência e a confiança cega em um dominante.

FIM